百年の恋

RIICHI TAKAO
高尾理一

CHOCOLAT BUNKO

ILLUSTRATION 円陣闇丸

CONTENTS

百年の恋

1

サウスウッド・ハウスは三百年以上の歴史を持つ、貴族の館である。

左右対称の美しいレンガ造《づく》りの建物で、コッツウォルズより少し北側、ロンドンから車で一時間ほど走ったところに建っている。

現在は九代目ウィンベリー伯爵《はくしゃく》ヒュー・マーカスが所有し、家族の住居として使用されているが、七月と八月は館の一部を一般公開している、とガイドブックには載《の》っていた。

高木戸《たかきど》凛《りん》は案内された応接室のソファに腰かけ、腕時計で時間を確認した。かれこれ一時間以上待たされていることになる。

「遅いなぁ……」

こっそり誰かに聞かれていても意味がわからないように、凛は日本語で呟いた。ただソファに座りつづけていることが、苦痛に変わりつつあった。

今は九月、一般公開期間を過ぎているので、訪問客があることを忘れているのではないかと不安になる。

とはいえ三時間ほど前に、凛が泊まっていたホテルまでわざわざ迎えのリムジンを寄越《よこ》してくれ、館に着くと、絵に描いたような執事《しつじ》が待っていて応接室へ案内し、若いメイドが紅茶を運んでくれたのだ。

「そこまでしてくれたのに、ここへ来て忘れられてるとは考えにくいよなぁ」

混み合った喫茶店のウェイトレスがオーダーを通し忘れるのとは、わけが違う、と凛は己の不安を払拭《ふっしょく》した。

歴史的価値のあるサウスウッド・ハウスの応接室は大広間と言ったほうがいいほど広く、時間をかけて見るべきところがたくさんあるが、勝手に壁のタペストリーや肖像画《しょうぞうが》、絨毯《じゅうたん》、有名な家具職人が作ったであろう年代ものの箪笥《たんす》を間近で見ている間に誰かが来て、なにを勝手に見ているのですか、などと非難され、ばつの悪い思いをすることを考えると、迂《う》闊《かつ》に腰を上げられなかった。

凛は強張《こわば》った首を仰向《あおむ》け、美しい配列で天井《てんじょう》に嵌《は》めこまれた楕円《だえん》形の絵画を眺めた。

築数百年という古い館を維持《いじ》するのは、とてつもなく金がかかると、本で読んだことがある。所有している貴族が一般公開に踏み切る理由は、入場料という収入を得なければやっていけないからだという。

にもかかわらず、サウスウッド・ハウスの入場料は無料であった。その代わり、公開期間内でも予約が必要で、一日の入場者数が制限されている。

九代目伯爵にとって、サウスウッド・ハウスの公開は、一般市民や旅行者にも歴史的価値のある建物を見せてやろうとするボランティア活動のようなものなのだろう。

そんなことができるのは、ヒュー・マーカスがイギリスでは誰もが知っている大富豪だからに違いない。ヒューは四年前、父親である八代目のロバートの急死により、二十五歳で称号とマーカス家の莫大《ばくだい》な財産を受け継いだ。

ヒューについてはそれくらいしか知らないが、百年前に当主であった五代目のウィリアム・マーカスについてなら、凛はおそらくヒューより詳しいだろうと思う。

凛の曽祖父《そうそふ》の父親が、そのウィリアムだからだ。

複雑な事情があり、マーカス家の人々はそのことを知らないはずだった。

一ヶ月前、公開期間を過ぎているが、サウスウッド・ハウスを見学させてもらえないだろうかと、駄目元で問い合わせをした凛に、九代目伯爵は見学を許可してくれたばかりか、ハウスのゲストルームに数日間滞在してみてはどうかと勧《すす》めてくれた。

もちろん、電話で対応してくれたのは伯爵の秘書をしているという男性で、伯爵本人と話したわけではない。

お心遣いは嬉しいけれど宿泊まではけっこうですと、最初は凛も辞退した。厚かましすぎると思ったのだ。

だが秘書に、当代伯爵は礼儀正しい日本人が好きで、たまにこうした特別扱いをするから、気にせず滞在し、サウスウッド・ハウスの魅力を十二分に堪能《たんのう》してほしいと言われて、好意に甘えることにした。

高木戸家の系譜《けいふ》を調べるうちに興味を持ち、一度は訪れてみたいと子どものころから思っていた館を見学し、滞在まで許されたのは嬉しかった。

何百年も前から存在しつづける荘厳《そうごん》な館、そこに住まう貴族たち。

イギリスは凛にとって憧《あこが》れの国で、帽子《ぼうし》デザイナーという職を選んだのも、その憧れが根底にあるのは間違いなかった。

見学だけするつもりだった凛は、伯爵は日本人が好きだという言葉に勇気を得て、ウィリアムが日本の妻に寄越した百年前の手紙を持参していた。

イギリスの遠い遠い赤の他人のような親戚《しんせき》たちの誰かに運良く会えて話ができ、なおかつ受け入れてくれるようならば、ウィリアムのことを話してみようと考えたのだ。

親戚だと主張する気はないが、サウスウッド・ハウスの長い歴史のなかにはこんなこともあったのだと知らせたかった。

ここで待っていて誰が来てくれるのか、正確には凛は知らない。おそらく、サウスウッド・ハウスの管理人だろうと考えている。

秘書の説明によると、サウスウッド・ハウスはマーカス家の住居ではあるものの、住人たちは週末にのみ帰ってくるだけで、普段はそれぞれロンドンで生活しているらしい。

現代の伯爵様を遠目にでも拝見《はいけん》できれば嬉しいが、実際に会える可能性は低いだろう。

自分が身じろぎする以外は物音ひとつしない部屋のなかで、さらに三十分が経過した。

「ふぅ」

退屈のあまり両手を組んで前に突きだし、猫のように伸びをしかけた凛は、突然開いた扉に驚き、間の抜けた格好で固まった。

入ってきたのは、背が高く堂々とした、若い男性だった。彫《ほ》りの深い顔立ちは美しく整っており、ゆるくウェーブした濃い金髪が額にかかっている。

男らしいのに華やかで、彼が存在することで部屋のなかが明るくなった気がした。

驚いて無言のままじっと見つめてしまったが、品のいいダークスーツ――おそらく、オーダーメイドであろう――を身にまとった男性の正体が、凛には一目でわかった。わかってしまった。

二十九歳にして成功を収め、さらなる飛躍《ひやく》を目指す若き投資家、ヒュー・マーカス。自信に満ちた彼には、脈々《みゃくみゃく》とつづくイギリス貴族の高貴な血筋を感じさせる威厳《いげん》がある。

まさか、伯爵本人に会えるとは思いもしなかった。それに秘書も館の管理人も連れずに、たった一人で凛のところに来てくれるとは。

伯爵がつかつかと近づいてきて、凛は慌てて立ち上がった。

「は、初めまして。高木戸 凛と申します。ウィンベリー伯爵でいらっしゃいますね？光栄です、お会いできるとは思っていなかったので……。あの、こ、このたびは、公開期間を過ぎているのにサウスウッド・ハウスにお招きくださって、ありがとうございます」

感激のあまり、二時間近く待たされたことも忘れ、頬を紅潮させながらしどろもどろに礼を述《の》べた凛だが、しばらく待っても返ってくる言葉がないことに、思わず首を傾げた。

英語力には自信があったから、意味が通じていないとは思えない。なにか失礼なことを言ってしまったのだろうか。

慌てて自分が言った台詞《せりふ》を思い返してみたものの、原因に思い当たらない。

冷ややかな空気をまとった伯爵は、なにも言わずにテーブルを挟んだ前のソファに腰かけ、俯《うつむ》き加減で立ち尽くす凛を睨《にら》んでいた。髪よりもさらに濃い色の睫毛《まつげ》の下から、エメラルドの瞳《ひとみ》が鋭い光を放ち、口元は頑固《がんこ》そうに引き結ばれている。

初対面の人物からわけもわからず敵意を向けられ、凛は腹が立つというより不安になった。ヒューの顔立ちが完璧《かんぺき》に整っているだけに、恐ろしいような気さえした。

凛にとっては気が遠くなるくらい長く、実際には一分にも満たないほどの沈黙のあとで、ようやくヒューが口を開いた。

「まず、きみが本当に高木戸 凛である証拠を見せてほしい」

「……は？」

なにを言われたのか理解できず、凛は立ったままぽかんとして金髪の伯爵を見下ろしていた。

「聞こえなかったのか。身分を証明できるものを見せろと言っている」

ヒューは尊大《そんだい》な態度で、背もたれに背中を預けて座っている。

触れたら切れそうなほどの、彼が身にまとわせているぴりぴりした迫力に気圧《けお》されながらも、唯々諾々《いいだくだく》と従うことに抵抗を覚えた凛は、震える声で訊ねた。

「ど、どうしてですか？　招待してくださったのはそちらで……」

「いいから見せなさい。話はそれからだ。証拠がなければきみも偽者《にせもの》だと見做《みな》し、今すぐこの館から放りだす」

「……偽者」

予想だにしなかった言葉が出てきて、ぽつりと鸚鵡《おうむ》返しに呟いてしまう。

だが、ヒューはそれきり口を閉ざし、苛々《いらいら》した様子で凛の行動を待っていた。

不可解ではあるものの、今すぐ身分証明をしなければ、本当に叩きだされてしまいそうな雰囲気《ふんいき》である。

凛はソファに浅く腰を下ろし、バッグのなかからパスポートを掴むと、ヒューに差しだした。

受け取ったヒューは、長くしなやかな指でそれを開いた。写真と実物の間を、疑わしそうな翠《みどり》の瞳が数回行き来して見比べている。

「二十六歳？　東洋人の年齢は見た目ではわからないというが、まったくだな。十六歳だと言われても、騙《だま》されそうだ。仕事はなにをしている？」

外見に対する侮辱《ぶじょく》を、凛は聞き流した。

十六歳はさすがにないが、若く見られるのはいつものことだ。小作りな顔に大きな目がアンバランスで、華奢《きゃしゃ》に尖った顎《あご》が女性的なイメージを抱かせるらしい。

「帽子デザイナーです」

「デザイナー？　デザイナーになりたいと言ったのか？」

「違います！」

怪訝《けげん》な声で訊き返された挙句《あげく》、あからさまな嘲笑《ちょうしょう》を浴びてさすがにむっとした凛は、さらにバッグのなかをあさり、自分がすでに帽子デザイナーとして独立していることを示す証拠をテーブルの上に並べた。

「これを見てください」

凛は自分の恩師《おんし》である有川幸弘《ありかわゆきひろ》が二日前に開催《かいさい》したパーティの詳細《しょうさい》を記《しる》した書類と、そのときにインスタントカメラで撮《と》った自分と恩師が肩を並べて写っている写真を見せた。

「……ユキヒロ・アリカワ？　彼の名は聞いたことがある。女王陛下の帽子を作ったという、日本人デザイナーだろう」

知らなければ一から説明しなければならなかったが、さすがと言うべきか、イギリスの上流階級の間で有名な有川のことをヒューは知っているようだった。

「ユキヒロ・アリカワは俺の恩師です。今回の渡英の目的は、先生のパーティに出席することでした。彼の教室で俺は帽子作りを学んだんです。二年前に自分のブランドを立ち上げて、東京にショールームを兼ねたオフィスと工場も持っています」

凛は自分のブランド「ウィンベル」のパンフレットを、ヒューの前にずいっと押しだした。

実際、中古ビルを借りて改装したオフィスは小さく、工場も製作室と呼んだほうがいいような狭さではあるが、そこまで正直に言うことはないだろう。ウィンベリー伯爵がわざわざ東京まで確認しに来ることはないのだから。

帽子にはまったく興味がない様子でヒューはパンフレットをめくり、凛の写真と経歴が載ったところだけに目を通した。

「なるほど。デザイナーというのは本当らしいな。ずいぶんと用意周到《しゅうとう》だが、きみは自分の帽子を売りこみに来たのか」

「違います」

どうしてそうなるのだと思いつつ、凛は再び否定した。

待っているだけで仕事が入ってくるような売れっ子ではないから、どんなときでも対応できるようにパンフレットや、今までに開いた個展の様子など、経歴をまとめたプレゼンテーション用の書類はつねに持ち歩くようにしているだけだ。

「目標があるので、チャンスを掴むための準備はしてますが、あなたに売りこもうと思って持ってきたわけではありません。でも、俺の仕事を理解していただけてよかったです」

「なぜ、サウスウッド・ハウスに来た」

凛は唖然《あぜん》として言葉を失いかけたが、どうにか持ちなおした。

「見学に決まってます。数百年の歴史を持つ英国貴族の邸宅《ていたく》には、素晴らしい価値と魅力があります。ずっとこちらに来たいと思っていましたが、なかなか機会がなくて。それが今回、パーティに合わせてちょうど休暇が取れたんです。時期を外しているのはわかっています。でも、一ヶ月前、見学できるかどうか問い合わせをしたら、伯爵の秘書だという方が大丈夫だとおっしゃってくださいました。だからこそ、こうしてお邪魔《じゃま》してるわけです」

公開期間外に来たことを非難されているのかと思い、凛が無理に押しかけてきたのではないことをアピールしてみた。

凛と血のつながりがある五代目伯爵、ウィリアム・マーカスが住んでいたというこの館を見てみたい、そして、ウィリアムの話ができるようなら、したいというのが本当の理由だが、そんなことが言える雰囲気ではなかった。

下手に関わりがあることを口にすると、余計な怒りを買いそうな気がする。

貴族の邸宅に憧れているから見に来た。凛はただの観光客なのだから、それで充分なはずだ。

しかし、ヒューの冷たい視線は、まったく変わっていなかった。品定めでもするように、凛の黒い頭のてっぺんから爪先まで眺め、横柄な態度で睨みつけている。

なにがそんなに気に入らないのだろう。初対面の伯爵の不機嫌さを持て余し、凛は手持ち無沙汰《ぶさた》にテーブルに広げたものを片づけた。

伯爵という特別な称号を持つ高貴な種族に対して抱いていた幻想は、ほとんど崩れてしまっていた。凛が勝手に理想化していただけとはいえ、がっかりだ。

今日から三日間、サウスウッド・ハウスのゲストルームに泊めてもらう予定だったが、この調子では追い返されるかもしれない。

歴史的価値の高いサウスウッド・ハウスを見学するのだからと、上等のスーツに身を固め、手持ちのなかでは一番高価な革靴《かわぐつ》を磨《みが》いて履《は》いてきたのに、すべてが無駄になってしまった気がする。

ヒューの視線が痛くて、まるで針《はり》の筵《むしろ》に座らされているようだ。だが、いかに幻滅《げんめつ》しようとも、伯爵を睨み返す度胸はなかった。

向かいで大きくため息をつく気配がし、チラッと視線を上げて様子を見る。

綺麗に整った男らしい眉をひそめたヒューが、鋼《はがね》のような硬く冷たい声で言った。

「どうやら偽者ではないようだな。いい加減に本性《ほんしょう》を現したらどうだ。きみの望みがなにかはわかっている」

「……？」

言われていることがわからず、凛はヒューに負けないくらい盛大に眉を寄せた。

「まだ惚《しほ》けるつもりなのか。白々しい。きみの目的は見学などではないだろう。だが、いくら五代目の直系であろうとも、きみにこの館とマーカス家の財産を譲ることなどできない。私たち家族はこの館で育ち、私は当主にふさわしい教育を受けてきたんだ。きみにわずかでもマーカス一族の誇《ほこ》りがあるというなら、すべての権利を放棄《ほうき》する契約書にサインをしろ」

「……！　お、俺のことをご存知《ぞんじ》なんですか？」

凛は目をまん丸に見開き、ヒューの顔を真正面から見つめてしまった。

五代目ウィンベリー伯爵、ウィリアム・マーカスが英国公使館書記として来日したのは、一九〇六年のことだった。

ウィリアムは高木戸男爵令嬢《だんしゃくれいじょう》の宮子《みやこ》と恋仲になったが、二人の仲は認められず、宮子は未婚のまま男子を産んだ。

英名をブランドン、和名を博昭《ひろあき》と名づけられた子どもは、本当ならば、六代目伯爵となるはずのウィリアムの長男であった。

任期が終わったウィリアムは、宮子を妻だと主張し、息子も一緒にイギリスへ連れていこうとしたが叶わず、孤独な帰国を余儀《よぎ》なくされた。イギリス人の子を産んだとはいえ、一人娘である宮子を、父親の高木戸男爵が手放そうとしなかったのだ。

だが、ウィリアムの妻子に対する愛情は深く、帰国後に彼が寄越した何通もの手紙には、宮子とブランドンへの狂おしいまでの思慕《しぼ》が綴《つづ》られており、「何年後であっても我が長男、ブランドンの直系の男子がイギリスを訪れたならば、サウスウッド・ハウスとマーカス家の財産を与えることを約束する」とさえ書かれていた。

一方で、ウィリアムと引き離された宮子は、父親の命令で婿養子《むこようし》を取って結婚させられたものの、子どもに恵まれず、ウィリアムとの間にできた長男が高木戸家を継ぐことになった。

そのブランドン・博昭こそが、凛の曾祖父である。

高木戸家には、若かりしころのウィリアムの写真が残っている。口髭《くちひげ》をたくわえた、金髪の偉丈夫《いじょうふ》だった。

白黒なので写真を見ただけでは金髪かどうかわからないけれど、宮子がウィリアムに宛《あ》てて出そうとしていた手紙には、あなたの金色の髪に触れたいと書いてあった。

ブランドンの髪は黒く、深い翠の瞳だけが異国の父親の面影《おもかげ》を偲《しの》ばせるが、ブランドン自身は父親譲りのその美しい瞳を嫌っていて、それが悲しいのだと。

あなたに会いたい、あなたが恋しい、あなたの妻になりたい。

宮子の一途《いちず》な想いが綴られた、そのせつなく色褪《いろあ》せた手紙のことを思うと、凛は胸が苦しくなる。

高木戸男爵や見張りの女中の目を盗んでウィリアムに届けようとしたが、結局目的を遂《と》げられなかったのか、あるいは、家のために好いてもいない男と結婚させられた宮子は、そもそもその手紙をウィリアムに届けるつもりはなかったのかもしれない。

宛先の書かれていない悲しい恋文は、宮子の着物の間にひっそりと挟まれて、長い間高木戸家の蔵《くら》に眠っていた。

凜が百年前の恋人たちの物語を知ったのは十二歳、閉ざされたまま忘れられていた蔵を整理するために親戚が集まったときのことだった。

本当は少しイギリス人の血が混じっているらしい、という話は、高木戸家では親から子へと普通に語り継がれてきた。しかし、イギリス人の名前や身分など詳しいことは伝わっていなかった。

ブランドン・博昭の長男である祖父なら、当時の事情を知っていたのだろうが、祖父は早くに亡くなっており、蔵を整理するまでこんな物語と子孫への置き土産《みやげ》が隠されているとは、誰も知らなかったのだ。

ウィリアムの直系男子は、凜の父親である光弘《みつひろ》と凜である。

手紙は一見、ウィリアムの遺言《ゆいごん》のようだが、凜も光弘も自分たちにマーカス家の財産と館をもらい受ける資格があるんじゃないかと、本気で考えたことは一度もない。

ウィリアム以外の人間から、その件に関して高木戸家にコンタクトを取ってきた形跡はなく、ウィリアムが自分の子孫に財産を遺したいと考え、手紙に書いただけでは、遺言としての効力はなさそうに思えたからだ。

帰国後にウィリアムが独身を通したのかどうかも不明で、結婚していなくとも、現在まで伯爵家がつづいているということは、ウィリアムの次に誰かが称号を継いだことになる。

マーカス家にはマーカス家の家族、生活があるだろうし、百年も経ってから手紙を見つけて、のこのこイギリスを訪れて財産をねだるなどという図々《ずうずう》しい真似《まね》はできない、というのが光弘の考えで、凛もそれに賛成している。

経営している会社が傾き、つねに金策に苦労している親戚の一人は、たとえ無駄であっても名乗り出るべきだと主張し、英語が話せない光弘の代わりにマーカス家との交渉はすべて自分がやるから、名前だけ貸してくれとしつこく光弘に言い寄った。

彼の必死さを醜《みにく》いと思ってしまったのは、凛たちが比較的裕福な暮らしを送っていて、金に困っていないからかもしれない。

なんと言われても光弘は応じなかったので、彼も仕方なく諦めたようだ。

凛はしばらく言葉を失ったままだった。

ウィンベリー伯爵が自分のことを知っているとは思わなかった。高木戸家の人間でさえ疑っていた、財産とサウスウッド・ハウスを譲るというウィリアムの遺志を、百年後のマーカス家の人間が本気にしているだなんて。

ヒューは携《たずさ》えていた書類を凛のほうへ向けて、テーブルに置いた。

「もちろん、きみたちのことは知っているとも。我が一族が愛してきたサウスウッド・ハウスと財産を略奪《りゃくだつ》せんとする、先祖の遺したカミカゼ特攻隊だ。まったく、信じがたいよ。きみのその黒い髪と瞳の色、顔立ちを見て、イギリス人の血が混じっていると考える人はいないだろう。サウスウッド・ハウスを引き継ぐマーカス家の当主は代々、金髪に翠の瞳と決まっている」

汚らわしいものでも見るような視線に負けそうになりながら、凛はぐっと踏ん張った。詳しい事情はまだよくわからないが、誤解があるのは間違いない。

「あの、俺はカミカゼじゃありません。たしかに、高木戸家の直系ですし、系譜を遡《さかのぼ》ればウィリアムにたどり着きます。でも、あなた方が考えているような理由でこちらに来たわけじゃないんです。どうしてあなたは、俺たちのことを知っているんですか？」

そう言った瞬間、ヒューの眼光がさらに鋭くなった。

「どうしてか、だと？　先に仕かけてきたのはそちらだ。次なる攻撃を、この私が手をこまねいて待っていると思うのか。まったく、遺言だけでも厄介《やっかい》だというのに、誰が正統な後継者で、誰が金に惑わされた愚《おろ》かな偽者なのか、見分けねばならないとは。だが、こちらから出向く手間が省けたのはよかった。同行者がいるなら、さっさとここへ呼ぶがいい。弁護士を連れてきたんだろう？」

ヒューは吐き捨てるように言ったが、凛にはなんのことか理解できなかった。彼が非常に怒っていて、凛に憎しみに近い感情を抱いているのは、その口調《くちょう》と表情でわかる。

「同行者なんていません。どうして弁護士と一緒だと思われているのかもわかりません。俺はウィリアムが宮子に宛てた手紙の内容しか知らないんです。こちらでは、どのような話になっているんでしょうか。誤解を解くためにも教えていただけませんか」

「まだ惚けるか。勝算があると考えたからこそ来たんだろう。弁護士なしで勝てると思っているなら、大きな間違いだぞ。このサウスウッド・ハウスは我々の誇りであり、歴史でもある。日本人が所有するなどありえない。イギリス国民が許さない。私たちは負けるわけにはいかないのだ」

「伯爵、聞いてください。俺は勝負を挑みに来たわけじゃありません。ただ、この館を見たかっただけなんです」

凛は無意識に両手を胸の前で組み合わせ、神に祈るように懇願《こんがん》した。

ウィリアムの話もしたかったのだが、そんなことは口が裂けても言えない展開になっていた。ウィリアムの手紙を持ってきたなどと言ったら、特攻隊だと確定されるのは目に見えている。

ふっと嘲《あざけ》るように、ヒューは鼻で笑った。

「一度見たら、欲しくなる。欲しくならないという人間がいるなら、会ってみたいものだ。本当に弁護士はいないのか。これからの交渉はきみ自身がすると言うんだな？　どうせきみが負けるのだから、弁護士など雇っても金を取られるだけだ。賢い選択と言えなくもない」

「……交渉って？」

わかってはいたが、訊かずにいられなかった。

ヒューはテーブルの上の数枚の書類を、しなやかな長い指でトンと叩いた。

こんなときにもかかわらず、綺麗な手だと思ってしまう。

色が白くて、動きにもどことなく品がある。肉体労働など一度もしたことがなさそうなのに、力強い男らしさを感じる手だった。

「この書類にサインをすれば、すぐに終わる」

凛はごくりと唾液《だえき》を呑《の》みこんで、書類に目を滑らせた。

印字された字は小さく、ぎっしりと書きこまれていて、内容を読んで理解するには少し時間が必要だろう。

財産など最初から欲しいと思っていなかったから、放棄するのはかまわないけれど、マーカス家の人々に誤解されたままというのはいやだと思う。

「もし、サインしなかったら？」

「きみは日本に帰れないかもしれないな」

「お、脅すつもりですか！」

身の危険を感じ、ぎょっとした凛に、ヒューは不愉快そうに顔をしかめた。

「どんな想像をしたのか、聞かなくてもわかる。勘違いするな、私は蛮族《ばんぞく》ではない。サインしたくなるよう、丁重《ていちょう》におもてなしするだけさ。とはいえ、私は日本人にこの館に滞在してほしくないんだ。一刻も早く出ていってもらいたいと思っている。書類を読む時間くらいは与えよう。一時間後にまた来る」

ヒューが腰を上げたので、凛は思わず引き止めた。

「待ってください。話をさせていただけませんか。百年前のウィリアムと宮子、その息子のブランドンの話です。ウィリアムが帰国したあと、二人がどんな生活を送ったか、ご存知ですか？」

「聞く必要はない。興味がないからな」

「で、では、イギリスに戻ったウィリアムのことを教えてください。六代目を継いだのは、いったい誰なんでしょうか」

「ジョージだ。ウィリアムの弟で、私の曽祖父に当たる」

「それじゃ、ウィリアムは結婚しなかったんですか？」

不愉快一辺倒《いっぺんとう》だったヒューの顔に、苦いものが交じった。

無言で扉の前まで歩いたヒューは、凛を振り返って言った。

「結婚して男子が生まれていれば、状況は変わっていただろう。私が九代目を継承《けいしょう》でき、この館に我が物顔で暮らし、こんなにも偉そうにしていられるのは、ウィリアムにブランドン以外の子どもがいなかったからだ。そう言いたいんだろう？　ウィリアムがブランドンを伴って帰国していたら、ジョージの襲爵《しゅうしゃく》もありえなかった。私は仮の当主でしかなく、正統な継承者が現れれば、すべてを譲らなければならないと」

「そんなこと……！」

「だが、百年も昔のことを今さらとやかく言ったところで、仕方がない。六代目ジョージ、七代目チャールズ、そして私の父である八代目のロバートが称号と館、マーカス一族を守ってきたのだ。ウィリアムの執念《しゅうねん》が宿《やど》った日本からの襲撃に苛々させられるのは、私の代で終わりにしたい。卑劣《ひれつ》で強欲《ごうよく》な高木戸の人間と顔を合わせるのも、これっきりにしたいものだ」

「……」

怒りと憎悪の凄まじさに圧倒され、凛は絶句した。

初対面の伯爵に卑劣で強欲と罵《ののし》られなければならない理由が、凛にはまったくわからなかった。凛はなんの権利も主張していないけれど、ウィリアムの血を引く存在そのものが、マーカス家にとっては脅威になるのだろうか。

向けられた怒りに怯《おび》え、身を竦《すく》ませている凛を見て、ヒューは自分が言いすぎたと思ったのか、一度目を逸《そ》らしてため息をついた。

次に聞こえてきた声には、ずいぶんと落ち着きが戻っていた。

「きみに危害を加えるつもりはない。契約書にすぐにでもサインをすれば、どこへでも行きたいところへ送ってやる。サウスウッド・ハウスからは出ていってもらうが、帰国するまでどこかのホテルに宿泊したいというなら、手配しよう。私にもそれくらいの慈悲《じひ》はある」

凛ははっと我に返り、扉を開けて出ていく背中に追い縋《おすが》ろうとした。

「待って！　もう少し待ってください、伯爵！」

「私の言いたいことはすべて、その書類に書いてある。賢明《けんめい》な判断を期待しているよ」

目の前で扉が閉まり、鍵をかけられている音がした。

「俺の話を聞いてください！　お願いします！」

閉じこめられたのだと思うと焦ってしまい、凛は拳《こぶし》を握って扉を叩いたが、返事はなかった。

何度も叩いて手が痛くなると同時に冷静さが戻ってきて、一時間後に戻ってくるとヒューが言っていたことを思いだす。

「とにかく落ち着こう。危害を加えるつもりはないって言ってたし。……言ってたよな？

俺がここに来てることは父さんも知ってるんだ。いくら憎くても、殺されたりはしないはず……」

声に出して自分で自分を安心させながら、凜は赤くなった手をさすり、広い部屋のなかをぐるぐると歩きまわった。

相手は伯爵なのだ。法に抵触《ていしょく》するようなことをして、それが世間に知れたら、ダメージを被《こうむ》るのはむしろマーカス家のほうだろう。

世間に知られる前に、すべてを揉《も》み消してしまえるほどの権力と財力を彼らが持っていることは、考えないようにした。

凜が立ち止まると、応接室はヒューが来る前と同じ静寂《せいじゃく》に満たされた。

さすがにもう、絵画や調度品を見たいという気にはなれなかった。かといって、檻《おり》に閉じこめられた動物のようにうろうろと歩きまわっていても仕方がない。

気は進まなかったが、凜はソファに座り、読めと言われていた書類を手に取った。

ざっと見ただけでも法的な用語が多く、完全には理解できそうにない。日本語で書かれてあっても、興味がなければ目が滑る類《たぐい》の文面だ。

「読んだけどわかりませんでした、って言ったら、怒るだろうなぁ」

無理かもしれないが、ヒューの怒りには極力触れたくないと思う。冷たい瞳から翠色の炎が噴きだしたようで、我知らず身体《からだ》が竦んでしまう。

意味不明な単語を想像力で補って、凛はどうにか書類を読破した。

ウィリアムの直系は、ウィリアムが約束していたすべての権利を放棄すること、マーカス家と正式な姻戚《いんせき》関係はないので、マーカス家やウィンベリー伯爵の名前を出すことを禁じ、今後はいっさい関わらない、高木戸の血を引く者は誰であってもサウスウッド・ハウスに近づくことも許さない、というのが軸《じく》で、あとは細々《こまごま》した項目がつづいており、見事なまでに高木戸一族を拒絶している。

サウスウッド・ハウスどころか、イギリスの空気すら吸ってはならないと書かれていても、不思議ではないほどだ。

わかってはいたが、書類を読んでも、凛の疑問はなにひとつ解決されなかった。

項目のひとつに、「サウスウッド・ハウスから盗んだものは、いつになっても返すこと」という一文があって、さらに疑問が増えた。

凛はデザインの勉強で何度か渡英していたが、サウスウッド・ハウスへ来たのは今日が初めてだし、凛の父親はイギリスに行ったことがなく、祖父が海外旅行をしたという話も聞いたことがない。

曽祖父のブランドン・博昭がサウスウッド・ハウスを訪れていたら、現在の揉め事のすべてはそのときに解決していただろう。

誰も行ったことがない館から、いったいなにを盗みだせるというのか。

「わからないなぁ。これが濡《ぬ》れ衣《ぎぬ》だったら、腹が立つよな。気に入らないのはわかるけど、なんでも俺たちのせいにしとけばいいってもんじゃないよ」

凛はソファにふんぞり返って腕を組み、ひとりごちた。

理不尽《りふじん》な扱いをされていることに対する怒りがこみ上げてきて、歴史的価値のある伯爵の住まいで、うっかりなにかを汚したり傷つけたりしてはならないとビクビクしているのが馬鹿馬鹿しくなったのだ。

ヒューに敵視され、憎まれているのも不本意だが、泥棒扱いとは腑《ふ》に落ちない。

とはいえ、いかにマーカス一族が高木戸家を嫌っていようとも、高木戸を名乗る人物がこの館を訪れていなければ、着せる濡れ衣も着せられないのではなかろうか。

ヒューは凛が本物かどうかをしつこく問い質したし、凛も父も知らないところで、なにかが起こっていたのかもしれない。

「も、もしかして偽者が来たことがあるとか……？」

その可能性に思い至ったとき、脳裏に浮かんだのは、凛の父、光弘にしつこく名前を貸すように迫《せま》ってきた親戚の顔だった。

凛が秋充《あきよし》おじさんと呼んでいる彼は、祖父の妹が取った婿の長男で、光弘から見て従兄弟《いとこ》にあたる。

生まれつき身体の弱かった祖父が、生涯《しょうがい》独身で通すと明言したので、妹に婿養子を迎えたのに、祖父はその後すぐにかかりつけの医者の娘と結婚し、光弘をもうけたのだった。

幼いころから本家筋として優遇される光弘に対し、年上の秋充は妬《ねた》みを抱いていたという。

ウィリアムからの手紙が見つかったときも、ブランドンの娘の長男という血のつながりがあるのだから、自分にも相続の権利があるはずだとしつこく食い下がったらしい。しかし、ウィリアム自身が男子の直系を指名している以上、血族であっても秋充には相続資格はない。

それで、光弘の名前を貸せ、貸さないで揉めて、かなり長い間、従兄弟同士の関係は険悪なものとなっていた。

あれから十四年、明確な区切りがないまま疎遠《そえん》になり、秋充おじさんは分別を取り戻して諦めたのだろうと凛は勝手に考えていた。

もし、分別を取り戻さず、父の了承を得ないまま偽名を騙《かた》ってカミカゼアタックを仕掛けたのなら、事態は凛が考えているより複雑に拗《こじ》れている。金を欲しがる理由があり、行動力もある人だけに、ありえない話ではなかった。

思えば、見学の問い合わせをしたときから、伯爵側は凛のことを知っていたに違いない。性懲《しょうこ》りもない高木戸一族がサウスウッド・ハウスに乗りこんでくるために、見学したいなどと嘘をついていると思われたのだろうか。

伯爵は日本人が好きだから特別扱いをする、そう言った秘書の言葉は、真相がわかると、ものすごい皮肉であった。彼らが考えているような企《たくら》みを凛が抱いていたなら、まさに狐と狸の化《ば》かし合いだっただろう。

凛は言葉どおりに受け取って、自分の幸運を喜び、伯爵に感謝した。

「……うわぁ。なかったことにしてしまいたい。イギリスまで届けと願った、あのときの俺の感謝の気持ち。なんかもったいない」

顔をしかめた凛は、げんなりと呟いた。

腕時計を見ると、ヒューが出ていってからあと五分で一時間が経つ。凛はしゃきっと表情を引き締め、ソファに座りなおして心の準備を整えた。

事実関係をヒューに確認し、解ける糸は解いておかなければならない。

ヒューと言い争ったり、説得するのが至難《しなん》の業《わざ》であるのは、よく考えないでもわかった。無謀《むぼう》であっても、やるしかない。

相続権を放棄することに異論はないが、こんな気持ちのままサインして放りだされるのはいやだった。

2

扉が開いて豪華な金髪の美丈夫が姿を見せたのは、きっちり一時間後だった。

「用意はいいか？」

開口一番、ヒューは威圧《いあつ》的に言った。

一時間もやったのだから、すべての書類にサインをする用意、そして、サインを終えたならすぐさまこの館から出ていける準備は整っているだろうな、という意味が含まれているのは明白だった。

「申し訳ありませんが、納得できません」

「……なんだと」

美しい翠の瞳が火を噴いた。

凛は仰《の》け反《ぞ》り、ソファの後ろに隠れたくなった。

だが、ここで尻尾《しっぽ》を巻いて震えていては、話し合いなど一生できない。拳を握り、前に座る伯爵を睨み返す。

平和的話し合いによって解決するのが理想なので、喧嘩《けんか》を売るように睨む必要はないけれど、睨んでいなければ、目を合わせていられないのだ。

「相続権を放棄することに関しては、べつに異論はありません。ただ、俺には理解できない部分があって、それを知るまではサインしたくないんです」

「なにが理解できないのか知らないが、サインをすれば、きみの疑問にすべて答えてやろう」

「……それは嘘です。だって、サインをしたら、すぐにでも追いだすつもりだとさっきおっしゃってましたよね」

凛が真っ向から否定すると、ヒューは悠然と答えた。

「この私を嘘つき呼ばわりする気か。一刻も早く出ていってほしいと頼んだだけで、追いだすとは言っていない。きみの勘違いだ。それに、書類を読んだのだろう？　高木戸一族のサウスウッド・ハウスへの立ち入りを禁止するという項目があったはずだ。サインをした時点で、きみはここから出ていかなければならない。警察を呼ばれ、訴えられてもいいなら、好きにしてかまわないが」

「結局、追いだすんじゃないですか！」

「私が追いだすわけじゃない。きみが自分で出ていくんだ」

「出ていかざるを得ない状況を作るってことは、追いだすってことですよ。伯爵、お願いですから、俺の話を聞いてください。マーカス家に不利益になるような話は、絶対にしません」

捏《こ》ねまわされる屁理屈に負けてなるものかと、凜は決然たる態度で言った。

「きみが納得するまでは、どうあってもサインしないというわけだな」

「そうです。俺に早くサインをさせたいなら、俺の疑問に答えるべきです。最初、あなたは俺が本物かどうか、確かめましたよね？　それは、俺より以前に、高木戸を名乗る人物がこちらに来たということでしょうか」

凜を睨んでいたヒューの目が、なにかを思案するように細められた。

「きみは本当に知らないのか」

「知らないから、訊いてるんです」

凜の態度や言葉遣いは、伯爵に対しては礼を失しているのかもしれないが、これまでの伯爵の態度だって褒《ほ》められたものではないから、おあいこだと思うことにした。

礼儀だなんだを気にしていたら、話が進まなくなってしまう。

ヒューはふ、と息を吐き、凜から視線を逸らすと、長い脚を優雅に組んだ。

「たしかに、騙された本人が事情を知らないというのは、ありえる話だ。きみを信用しているわけではないが、半年前のことを知りたいというなら教えてやろう」

「半年前のこと？」

「そうだ。その前に、ウィリアムの遺言の話もしたほうがいいだろう」

重々しく頷いたヒューは、九代目当主である彼自身も破れない、百年前の兄弟の約束について語り始めた。

ウィリアムは日本人の妻と息子がよほど可愛かったらしく、帰国してからも妻をウィンベリー伯爵夫人としてサウスウッド・ハウスに迎えるという夢を捨て切れず、独身を貫いた。

手紙を送りつづけたものの、日本からの返事はなく、自身の再来日の機会も巡ってこない。年月は無慈悲に流れ、やがて病《やまい》に倒れたウィリアムは弟のジョージに家督《かとく》を譲ることになった。

ジョージは早くに結婚し、二男一女をもうけていたから、爵位はジョージからジョージの子どもへと引き継がれていくことになる。当主が住まうサウスウッド・ハウスも同様だ。

愛する女性との間に生まれた息子が、病床のイギリスの父を訪ねてくれることをウィリアムはまだ期待しており、息子が結婚し、孫が生まれているかもしれないと考えると、ジョージにすべてを譲ることが不安になった。

このままではいつか自分の子孫がイギリスに戻ってきたとき、拠《よ》りどころとする場所がなくなってしまう。マーカス家の正統な後継者であるのに、サウスウッド・ハウスに客として招かれることになるのだ。

なんとかしなければとジョージにつけた条件が、凛も知っている、宮子に宛てた手紙と同じ内容のものだった。

つまり、ブランドンの直系男子がイギリスに帰ってきたら、マーカス一族の一員として迎え、サウスウッド・ハウスと財産の半分を譲ること。

「館と財産を子孫に残してやりたいというウィリアムの気持ちはわかりますけど、ジョージはどうして、そんな無茶な条件を呑んだんですか？」

いつか帰ってくるかもしれないが、現実にブランドンはいないし、ブランドンが結婚して男子を得ているという情報もない。ウィリアムの主張を受け入れてやらずとも、跡を継げるのはジョージしかいないのだ。

首を傾げた凛に、ヒューは苦い表情で答えた。

「その条件を呑まなければ、弟も甥《おい》も道連れにして死ぬという剣幕《けんまく》で、約束せざるを得なかったらしい」

「でも、結局ウィリアムが生きている間に、高木戸の人間がマーカス家を訪ねることはなかったんですよね。俺が言うのもなんですが、そんな無茶な約束、なかったことにすればよかったんじゃ」

「当人が死亡したからといって、当主がかわした約束を反故《ほご》にするわけにはいかない。それが百年前の約束であっても」

騎士道精神に反すると言わんばかりの態度に驚いたのは、凛だった。

「それじゃ、譲る気があったんですか？」

咄嗟《とっさ》にそう叫び、いや違う、譲る気がないから、書類にサインをしろと迫られているのだと、自分の状況を思いだす。

ところが、ヒューの返事は意外なものだった。

「そうだ、初めのうちはな。遺言どおり半分とはいかないが、いくらかの財産を分け与えて、サウスウッド・ハウスの相続権を放棄してもらう。その代わり、一年のうち三十日以内であれば、親族にかぎり館への滞在を歓迎する。もし、ウィリアムの子孫が訪ねてきたら、そのように対処しようと歴代の当主は考えてきた。もちろん、私も例外ではない。正式な婚姻関係はなかったものの、マーカス家の血を引いていることに変わりはないからな」

突きつけられている書類を読んだあとだからだろうか、歴代当主が考えたという案は、ずいぶんと太っ腹なものに思える。

ヒューの考えが百八十度変わった理由を訊くのは恐ろしいが、凛は訊かねばならなかった。

「それがどうして、こんなことになってるんでしょうか」

「きみは初めてここへ来たが、私が高木戸凛と名乗る男を迎えたのは二度目だ。一人目が来たのは半年前で、周到《しゅうとう》にもイギリス人の弁護士を連れていたよ」

「……！　お、俺ですか？　父の名じゃなくて、俺？」

凛は驚愕《きょうがく》のあまり、腰を浮かせてテーブルの上に両手をついた。怒りと軽蔑《けいべつ》以外の感情を浮かべることのない、冷静な翠の瞳を真《ま》っ直《す》ぐに見つめる。

高木戸家の当主は凛の父、光弘だ。凛が疑っている秋充おじさんが乗りこんだのなら、年齢も近い光弘を騙るはずである。

「彼はたしかに凛と名乗った。きみより少し年上で、顔は……まったく似ていないな。彼と弁護士は、ウィリアムの遺言どおり、サウスウッド・ハウスと財産の半分を寄越せと主張した。その強欲さに呆れたが、彼らは高木戸の家系図とカフス・ボタンを証拠として持ってきていた。エメラルドのカフス・ボタンはウィリアムの、というか、マーカス家の当主に受け継がれるものだ。本来なら、ジョージが受け継ぐべきだったが、ウィリアムはそれを日本に置いてきたと言ったそうだ。それを持参した男が、まさか偽者だとは思わないから、私たちは苦境に立たされた」

「カフス・ボタン……」

凛はぼんやりと記憶を探った。

ウィリアムが宮子に贈ったのはブローチである。ダイヤモンドやルビーで彩《いろど》られ、凝った作りをしているので、名のある人がデザインしたものかもしれない。

蔵を整理したときに見つかったのはそれくらいで、カフス・ボタンは見たことも聞いたこともなかった。

伯爵家に受け継がれるような立派な宝石ならば、一目で高価なものだとわかるに違いない。それに気づいた誰かが、どさくさに紛《まぎ》れて盗みだしたのだろうか。

だが、盗んだのだとしたら、それは親戚の犯行ということになる。

「私は誠意を持って交渉したが、彼らはこちらが示す条件では首を縦には振らなかった。そんなにこの館に住みたいのかと訊いたら、気分が悪くなるような顔で笑ったよ。彼らの考えはわかっている。この館を手に入れて、館内の美術品を売《う》り捌《さば》いて儲《もう》けるつもりだったんだろう」

身を乗りだしたままの格好で、親戚の顔を一人一人思い浮かべていた凜は、相続権を放棄してもらうために最終的にヒューが提示したという金額を聞いて、目が飛び出そうになった。

「それで頷かなかったんですか」

「しかし、その強欲さが彼らの首を絞めることになった。何度目かの交渉のときに、妹のアリシアがたまたま居合わせることになって、弁護士をしている男に見覚えがあると言いだした。何ヶ月か前にロンドンで見かけて、しかも弁護士などではなかったという。調べてみたら、弁護士名簿に彼の名はなく、彼に渡された名刺に書いてある事務所の住所はでたらめだった」

「そんな……」

凛の目が飛び出る以上の多額の金を奪おうとしているわりに、用心や周到さといったものがなく、ひどくお粗末《そまつ》な作戦である印象を受けた。

「要求に応じるようなそぶりを見せて交渉を長引かせ、彼らの正体を突き止めようとしたが、判明する前に彼らは突然姿を消した。こちらの動きに気づいて逃げたんだろう。もし彼らが欲を出さずに、私の示した金額で早々にサインをしていたら、あるいは、あのときアリシアが同席しなかったら、そう考えるとぞっとするよ。もちろん、地の果てまで追いかけて捕まえ、自分のしたことを後悔させてやるがね」

淡々とそう言うヒューを見て、凛のほうがぞっとした。彼ならば、きっとそうするだろう。

凛は乗りだしていた身を引き、すとんとソファに浅く腰かけた。

「結局、彼らの正体はわかったんでしょうか」

「弁護士のほうは盗難予防用警報機器のセールスマンで、ここに来る三ヶ月前に会社をクビになっていた。日本人のほうはきみも知っているんじゃないかね、高木戸潤《じゅん》という名だった」

「……潤？　潤だったんですか」

またもや驚いて、凛は呆然《ぼうぜん》となった。

高木戸潤は秋充おじさんの義理の息子で、凛より二歳上の又従兄弟である。秋充おじさんが結婚した女性の連れ子だったのだ。

父親と秋充おじさんの関係がそれほどよくなかったため、彼のことは名前と年齢以外ほとんど知らなかった。初めて会ったのは、秋充おじさんの結婚式の披露宴《ひろうえん》で凛は三歳、そのときの記憶など残っていない。

その後も、親戚が集まる場では何度か会ったけれど、お互い父親に遠慮があったのか、積極的に話しかけることもなく、たまに目が合っては気まずい笑みで会釈《えしゃく》を交わす、その程度だった。

たしか、蔵の整理で会ったのが最後で、秋充おじさんとも疎遠になったため、潤がなにをしているかなど気に留めたこともなかった。子どものころの顔立ちでさえも、あまりはっきりとは浮かんでこない。

まさか、たった半年前に凛の名を騙って、マーカス家を相手にゆすりを働いていたとは。では、エメラルドのカフス・ボタンは潤が盗んだのだろうか。それがある場所は蔵のなか以外には思いつかず、潤が蔵に入れたのは、十四年前にみんなで集まって整理をしたときだけだ。

中学生の潤には小学生の凛よりも、宝石の価値がわかったのかもしれない。

百年前の悲恋に感銘《かんめい》を受けて、ウィリアムと宮子のせつない想いを偲ぶために、こっそりと所持していたのではないことは、半年前に彼が取った浅ましい行動でわかる。

「彼の素行はずいぶんと悪かったらしい。借金を繰り返し、返済が滞《とどこお》ると両親に泣きついていたようだが、その親にも見捨てられ、困り果てて我がマーカス家に目をつけたんだろう。彼が母親と前の夫との間に生まれた子どもだとわかって、我々がどれだけ安堵したかわかるか。詐欺《さぎ》を働くような男と、ほんのわずかでも血のつながりがあるのかと考えると、身の毛がよだつ思いだった」

「し、調べたんですか、俺たちのことを？」

「当然だ。我々には資産を守る権利がある。今回は事なきを得たが、いつ本物が名乗り出てくるかわからないからな。それに、襲撃されるのを待っているだけなのは、性に合わなくてね。きみからの連絡があと一週間でも遅かったら、私のほうから連絡していただろう。きみの父上にサインをしてもらうつもりだったが、きみでもかまわない。ウィリアムの条件は直系子孫というだけで、高木戸の当主である必要はないんだ」

「俺のこと、最初からご存知だったんですね？」

「ああ」

さも当然のように、ヒューは頷いた。

潤が借金を繰り返していたことだけでなく、妻の連れ子だということまで調べているのだから、本家本元である凜の父親の仕事や、凜自身のことについても抜け目なく調査をしたのだろう。

一時間ちょっと前に帽子デザイナーであることを疑われ、パンフレットまで出して説明したことを思いだし、凛はかっとなった。なんという茶番《ちゃばん》であろう。

いや、彼は凛が財産を奪いに乗りこんできたと思っているから、茶番劇の間に敵が尻尾を出すことを狙っていたのかもしれない。

なんにせよ、すべてを知っていた彼に馬鹿にされていたのだ。

しかし、今は怒るべきときではなかった。当初、伯爵は日本の直系に寛大《かんだい》であろうとしたのに、潤がしたことは、伯爵から誠意を失わせるのに充分だった。

凛は深く息を吸いこみ、静かに吐きだした。

「俺たちは潤がなにをしているか、知りませんでした。エメラルドのカフス・ボタンを彼がいつ、どうやって手に入れたのかもわかりません。それほど近い親戚ではないので、彼とは親しくありませんでしたが、彼が高木戸の姓を持つ、俺の又従兄弟であるのは事実です。彼があなた方にしたすべてのことを、心から申し訳なく思います」

「この書類にサインをするなら、その謝罪を受け入れよう」

「謝罪を受け入れていただいても、あなたはきっと誤解したままだと思います。本当のウィリアムの直系が、俺の父と俺がどのような考えでいるかということを。潤と俺は別人ですし、違う考えを持っています。それをわかっていただきたいんです」

「つまり、ここへは見学しに来ただけで、財産もなにもいらないと？」

「そうです」

「きみがサインをすれば、私はそれを心から信じることができるだろう。きみにマーカス一族の誇り高い血がほんの少しでも流れている証拠になる……かもしれない」

「マーカス一族とは今後いっさい関係を持たず、名前も出さないという書類にサインをすることで、マーカス一族の末端だと認めてもらう、というのは、矛盾《むじゅん》していませんか」

「そこまでして初めて、信用に値《あたい》する価値が生まれるだけのことだ。それに、きみはなにも望んでいないのだろう？　私がきみを認めようが認めまいが、きみ自身にはなんら関係がない」

むう、と凛は唸《うな》って口をへの字に曲げた。

前に進みたいのに、足踏みしかさせてもらえないもどかしい気分である。凛が卑《いや》しい心根を持っていないことを示すには、サインをするのが一番だ。

だが、サインをしたら最後、即座にここから追い返されて、二度と足を踏み入れることは叶わず、伯爵と話をする機会は永遠に失われてしまう。

潤に腹を立てるのはわかるし、こんな面倒を引き起こしたウィリアムのことも、彼は快く思っていないようだ。すべての元凶はウィリアムであり、彼にしてみれば、潤が凛に替わったところで要求される内容に差はなく、正統な直系であるぶん扱いが面倒になるだけだろう。

ウィリアムの手紙が蔵で見つかって十四年、凛はウィリアムの立場でしか考えたことがなかったが、ジョージの立場から説明されると、とんでもない話だから仕方がない。

しかし、そうするしかなかったウィリアムの気持ちも、わかってほしい。

凛がすべてを放棄するということは、ウィリアムが自分の子孫を心配し、弟と甥を殺すと脅してまでも遺してやりたいと願ったものを拒絶することになる。

ヒューにとっては厄介な先祖でしかないウィリアムは、今後マーカス一族の汚点として語られるか、もしくは日本人との間に子を生《な》したという事実はなかったことにされ、独身のまま死んで弟に爵位を譲ったという簡潔な人生にまとめられてしまうのかもしれない。

それをいやだと思うのは、凛がウィリアムの血をほんの少しでも引いているからだろうか。

凛が今サインをすることで失うのは莫大な財産ではなく、ウィリアムの人生の核となる重要な部分と、本当は息子を連れて、愛する男のもとに行きたかった宮子のせつない想いだ。

凛の心を捉えて離さなかった百年前の恋が、ただ厄介なだけの、取るに足らない無価値なものとして消し去られることだけは避けたい。

決着をつけたいというのなら、父親にこれほど愛され、望まれていたことを知らず、おそらくは恨んで死んでいったブランドンの人生を、九代目ウィンベリー伯爵に知ってもらわなければ。

　凛はぐっと拳を握った。

　これこそが、先祖から自分に与えられた使命のような気がしてきた。真実はイギリス側から見たひとつではなく、日本側にも物語は存在しているのだ。

　それを知ってどう思うのかは、伯爵の自由である。くだらないと鼻で笑われても、言うべきことをすべて言ったあとであれば、凛の気持ちにも折合いがつけられるだろう。

　背筋を伸ばした凛は、真摯《しんし》な瞳でヒューを見つめた。

　このような事態を経験するのは初めてで、誠意やひたむきささをどうやったら示すことができるのか、本当はよくわからない。

　だが、生涯の職業をこれと決め、世界にたったひとつの自分の帽子を作るときのように、今はヒューに全身全霊《ぜんしんぜんれい》を傾ければよいのではないかと思った。

「伯爵、これ以上俺たちに関わりたくないという、あなたのお気持ちはわかるつもりです。しかし、こちらとしても、金銭的なものを要求するつもりはありませんが、名誉を放棄するわけにはいきませんし、誤解を受けたままというのもいやなのです。俺がサインをしたら、マーカス家と高木戸家の歴史が交わることは、もう二度とないでしょう。俺も高木戸家の長男です。エサに群がるハイエナのような扱いをされ、話し合いさえ拒否されて追い返されるわけにはいきません」

「きみの素晴らしい責任感には恐れ入るよ。だが、きみの又従兄弟は、まさにエサに群がるハイエナだった。私を非難するのはお門違いだ」

「潤のことは今知ったばかりで、まさかこのような展開になるとは思いもせずに来たものですから、俺の話はあなたを不愉快にさせるかもしれません。ひとつ確認したいことがあるのですが、その書類にはサウスウッド・ハウスから盗んだものを返せとありました。それはカフス・ボタンのことですか?」

ヒューは一度目を閉じ、ぎょっとするほど長いため息をついた。凛がすぐには出ていきそうにないことがわかったのだろう。

冷酷さで覆《おお》われた動かない表情の下で、忙しいのにこんなことにつき合わされる我が身の不幸を嘆いているに違いない。申し訳ない気もしたが、迷えばここにはいられない。

迷いながら作った帽子の出来は、いつだって気に入らないのだ。

渋々といった調子を隠そうともせず、ヒューは言った。

「違う。カフス・ボタンはウィリアムが持ちだしたものだ。家宝の行方は社交界ですぐに話題になり、ありもしない噂を呼んでしまう。それを嫌ったジョージがすぐに似せたものを新しく作らせたから、ウィンベリー伯爵のエメラルドのカフス・ボタンはイギリスと日本にひとつずつある。日本からの返却はいつでも受けつけるが、無理に返してもらう必要はない」

「それでは、誰がいつ、なにを盗んだのか教えてください」

「きみの名を騙った詐欺師のコンビだ。彼らは何度かこの館に来て話をしたが、その時期になくなったものがある。アンティークの絵皿や銀器、金の懐中時計《かいちゅうどけい》……普通は鍵つきの棚に収納されているのだろうが、サウスウッド・ハウスでは手の届くところに飾られているんだ」

「彼らが盗んだという証拠があるんですか?」

「残念ながら、現行犯で捕まえることはできなかった。しかし、彼らが来る前にはあったものが、彼らが帰ったあとになくなっていた。彼ら以外に誰が盗むというのだ。身元のはっきりしたメイドか?　何代にも渡って仕えてくれている忠実な執事か?　きみがどう疑っても、彼らでしかありえない」

ヒューは頑《がん》として言い張った。

彼の言い分はもっともで、まったく切りこむ隙がない。詐欺を働くような彼らがコソ泥に早変わりしたとしても不思議はないけれど、凛はどこか釈然《しゃくぜん》としないものを感じた。

彼らは本来の目的である財産の半分も館も、受け取っていなかった。館が我が物になれば、館に飾られているものはすべて自分たちのものだ。

金にしたいなら、そのあとで合法的に売ればいいのであって、大きな獲物を仕留める前に焦って小物を盗むなんてことがあるのだろうか。

「あの、気になってたんですが、潤たちのこと、どうなさるおつもりでしょうか」

凛はビクビクしながら訊いてみた。

詐欺師と明言されたからには、警察に通報されているのだろう。それは当然だし、凛がヒューの立場でも法的な手段に訴えると思う。

罪は罪なのだから、罰を受けるのは当然だと考える倫理観とはべつな部分が、又従兄弟が犯罪者として逮捕されることにショックを受けている。

「見つけたら盗まれたものを取り戻し、もう二度とこのようなことはしないと約束させる。そのときには、直系男子であっても財産を譲られる権利がなくなったことを、説明してやらねばならんだろうな。だが、警察沙汰にはしない」

「どうして?」

「お粗末なお家騒動に過ぎないからだよ。犯人が誰かもわからない複雑な詐欺事件とは違う。彼らがなぜここへ来たのか、本当のことを説明したくないし、嘘の言い訳を考えるのも面倒だ。実際の被害は数点のアンティークのみ。警察への協力、テレビ局のリポーターやしつこい記者に追いかけられ、スキャンダルとして騒がれる煩《わずら》わしさに比べれば、微々たるものに過ぎない。警察に頼っていないだけで、独自に捜査はしているがね」

伯爵家の都合のようだが、凛は少しほっとした。

「……ありがとうございます」

「礼を言われるまでもない。きみがサインをするまでは、高木戸家はまったく無縁の一族とは言えないんだ。できるかぎり醜聞《しゅうぶん》は避けたい。私の家族をマスコミの攻撃には晒したくないからな」

「ご結婚なさってるんですか？」

「妹のことだ。一人で乗りこんでくる度胸があったくせに、きみは私たちのことを調べなかったのか」

　飛びだしてきた予想外の事実に驚いていた凛は、事情を説明してもらっただけでなにひとつ誤解が解けていないことを思いだした。

「俺の目的は乗りこみじゃなく、見学です。俺の立場から言わせてもらうと、公開期間外なのにご親切にも招待してくださって、宿泊まで勧めていただいたんです。まさか伯爵ご本人にお会いできるとは思いませんでしたが、もし、そういう機会があったときのために、失礼になってはいけないと思い、あなたが代表を務めてらっしゃる投資会社のことは少し調べました」

　ヒューは皮肉な形に唇を歪《ゆが》め、勝ち誇ったように言った。

「私の収入が気になったのか？　マーカス家の財産の半分がどれくらいになるか、知りたかったんだろう」

　思わず唸りそうになるのを、凛はぐっと堪《こら》えた。

知らなかったら、調べていないのかと馬鹿にされ、調べたと言えば、金目当てだと蔑《さげす》まれる。

わかってはいたけれど、ヒュー・マーカスは本当にやりにくい男だ。もっとも、これくらい強い警戒心と闘争本能を持っていなければ、ビジネスの世界で成功を収めることはできないのかもしれない。

「そういう部分は見ていません。あなたのことは、年齢と、イートン校からオックスフォード大学へ進まれ、経営者として類稀《たぐいまれ》なる才能をお持ちだということ以外は知りません。インターネットで検索すれば誰もが得られる知識に過ぎませんが、帽子デザイナーの俺が調べられるのはそのくらいのものです。でも、それで充分だと思っていました」

「金さえ毟《むし》り取れれば、毟り取る相手のことなどどうでもよかったんじゃないかね」

「違います。伯爵はどうしてそんなに捻《ひね》くれてらっしゃるのですか……」

困り果てた凛の呟きを、耳聡《みみざと》く聞きつけたヒューの瞳が冷たく光った。

「失敬《しっけい》な。館と財産の半分を、先祖の遺言で会ったこともない日本人に、二度も奪われそうになるという危機に瀕《ひん》した人間としては、尊敬を受けてもおかしくないほど真っ直ぐに、慈悲を持って接していると思うが。一度目が詐欺だったことを考えれば、むしろきみは、私の寛大さに感謝すべきじゃないかね」

気を抜けば、絶句してしまいそうだった。

この人に、凛が感動したウィリアムと宮子の話をして、理解してもらえるのだろうか。どう受け取ろうがヒューの勝手だが、くだらないと鼻で笑われて終わりそうな気もする。もし理解してもらえなかったら、財産も館も欲しくはないという凛の主張も、信じてもらえないに違いない。今ここでサインをして追いだされるのと、結果は変わらない。

――駄目だ、弱気になったら負ける。たとえ無駄でも、話してみなきゃ。話してわかってもらえなかったら、そういう人だったんだとそのときに諦めればいい。

萎《な》えそうになる気持ちを奮い立たせ、凛は背筋を伸ばし、自分の名が示すように凛とした態度でヒューと向き合った。

「では、慈悲深く寛大なるウィンベリー伯爵にお願いします。サインを迫る前に、俺の話をどうか最後まで聞いてください」

終始、眇《すが》めるように凛を見ていたヒューの目が、はっとして見開かれた。

美しいエメラルドには敵意や懐疑的《かいぎてき》なものは含まれておらず、突如《とつじょ》として現れた不可思議なものに、ただ目を奪われているようにも見える。

なにかをやろうと決めたときの自分の大きな瞳が、どれほど人を魅了するかという事実を、凛自身はもちろん知らない。

ヒューが自分の黒い瞳に吸いこまれそうになっていることなどまったく気づかず、凛は返事を待った。

目は逸らさなかった。目には力がある。

言葉などなくても蔑むことができるし、嘘偽りのない気持ちを真摯に伝えることもできる。

やがてヒューは、苛立ちも露《あらわ》にため息をつきながら、首を横に振った。

「なにを話したいのか知らないが、私には時間が……」

そう言ったところで、携帯電話の小さな着信音がヒューの言葉を遮《さえぎ》った。海外でも使えるように契約している凛の携帯の音ではない。

「失礼」

律儀にもそう断って、ヒューはスーツの内ポケットから携帯を取りだした。

素っ気ない相槌《あいづち》と、すぐに戻ると答えただけの、一分にも満たない通話で、ヒューに話を聞いてもらう時間がなくなったことが、凛にもわかった。

「仕事でロンドンに戻ることになった。話のつづきは明日に持ち越しだ」

腰を上げたヒューを、凛は不安な面持ちで見つめた。

「持ち越しって、俺はどうすれば……」

「ここに泊まるしかないだろう。今日中に出ていってもらいたかったが、仕方がない。私は明日にしか戻れないんだ。気が変わってサインをする気になったら、執事のジョーンズを呼びたまえ」

「あなたに話を聞いてもらうまでは、サインはしません」

「最低でも、私はきみともう一度会わねばならないというわけだ」

ハンリムな顔に浮かんだうんざりした表情に、凛は少し傷ついた。

潤のしたことは悪いことだが、凛自身はなにもしていない。もともと親しくない又従兄弟の行動を、いついかなるときも把握《はあく》しているのは当然で、なにかあったときには同罪だと言われるのは、理不尽だと思う。

凛はそのようなことを言って抗議したかったが、口を開きかけた途端に、ヒューが尊大な仕種《しぐさ》でさっと手を振り、凛の言葉を封じてしまった。

「時間がないんだ。ひとつ忠告しておくが、きみは今晩のうちにサインをすませて、明日の朝にはここを出ていったほうがいい。なぜなら、明日は私だけではなく、妹も来るからだ。きみがまだいることを知れば、撃退しに来るぞ。妹は私ほど優しくない。心しておくことだ」

私ほど優しくない。

顔を合わせてから今まで、彼が優しかったことがあっただろうか。

「お言葉ですが、伯爵……！」

今度こそ凛は言い返そうとしたが、取調室からそそくさと出ていく刑事のようなヒューの背中は、凛の声が届く前に扉の向こうに消えていた。

一時間の猶予《ゆうよ》を与えられたときと違っていたのは、部屋の鍵がかけられなかったことだ。間の抜けたことに、それに気づいたのは扉が閉まってから一分後くらいのことで、また閉じこめられては敵わないと思った凛は慌てて扉に飛びつき、大きく開け放った。

サウスウッド・ハウスは大きな館だが、案内された応接室は、玄関ホールとつづきの広いサルーンの左奥にある部屋だった。つまり、入ってすぐそこ、という位置で、館内部の詳しい構造などはまったくわからない。

応接室からサルーンに出ると、左は主階段、右手に曲がれば玄関ホール、正面には真っ直ぐな長い廊下が伸びている。

飛びだしたものの、ヒューの姿はすでになく、凛はサルーンの中央で一人ぽつんと立ち止まった。

磨かれた大理石の床、ところ狭しと飾られた絵画の数々、繊細《せんさい》でいて豪華なシャンデリア、美しい模様がデザインされた天井。

どこに目を向けても、目を留めずにはいられない、芸術品の宝庫である。

来たときは緊張していたし、執事に案内されるまま彼の背中を見て歩いていたようなものなので、気がつかなかった。

「すごい……」

凛はただ、圧倒されて呟いた。

一度見たら、誰でも欲しくなるとヒューが言っていた意味が、ようやくわかった気がした。多くの見学者はこの館に憧れ、ここで暮らせたらと叶わぬ願いを思い巡らせているこ とだろう。

自分の立場を忘れて、天使をモチーフにした絵を眺めていたとき、聞き覚えのある声に呼びかけられた。

「高木戸さま、お泊まりになるお部屋へご案内いたします」

振り返れば、ピンと背筋の伸びた白髪交じりの執事が、表情の読めない顔で立っていた。最初に出迎えて案内してくれた男性である。

「あなたがジョーンズさん？」

「さようでございます」

年齢は五十代後半くらいだろうか、低く落ち着いた声だった。

観察する余裕のできた凛は、ゆるやかに首を傾げて彼を見た。黒いスーツに、明るいグレーの品のいいネクタイをしている。白いシャツの襟は綺麗にプレスされて、一分の隙もない。

まさに、あの伯爵にしてこの執事あり、といった感じである。

サインをしたくなったらジョーンズを呼べとヒューが言っていたから、彼も当然、凛がサウスウッド・ハウスを手に入れるために乗りこんできたと考えているだろう。

執事にまで泥棒扱いされるのは遠慮したかったので、凛はできるだけ感じよく微笑《ほほえ》んだ。

「ええっと、お世話になります。誤解のないように先に言わせてもらいますが、俺はこの館を乗っ取りに来たんじゃありません。伯爵に言うことが、いえ、聞いてもらいたいことがあって、それさえすめば、すぐに出ていきますから、心配しないでくださいね」

「承知いたしました」

礼儀正しいが、相変わらず無表情で、凛の言葉を信じているのかいないのかはわからない。

なにも言わないでいるよりはましだったと、凛は自分に言い聞かせた。スーツケースはあとで運んでくれると言うので、パスポートなどを入れたバッグだけを取りに応接室に戻る。

階段の手すりに配された美しい模様を目で楽しみながら二階へ上り、ジョーンズが立ち止まったのは一番奥の扉の前だった。

「こちらでございます」

「うわぁ」

凛は思わず歓声をあげた。

ブルーを基調にしたベッドルームは、凛が泊まったことのあるどのホテルの部屋よりも、豪華で広かった。

押しかけた厄介者としては、窓もない、物置のような小部屋でも仕方あるまいと思っていたのに、これではまるで招かれた客扱いである。

ウィリアムの玄孫《やしゃご》など決して泊めたくはないだろうに、こんな部屋まで用意してくれるなんて、伯爵はもしかしたら、彼が自分で言っていたように寛大なのかもしれない。

「バスルームはそちらです。なにか足りないものがあれば、私かメイドにお申しつけください」夕食は七時にお持ちいたします。

「なにからなにまで恐れ入ります。伯爵の寛大なるお心遣いに感謝いたします」

凜は心から言った。

電話の使い方まで教えてもらい、ひょっとしたら、諦めていた館内の見学も許されるのではと、そんな調子のいいことを考えたとき、ジョーンズが平坦な調子で告げた。

「明日、旦那《だんな》さまがお戻りになられるまで、この部屋から一歩も出てはならないとのご命令です。お部屋は外から施錠《せじょう》させていただきます」

凜は無言で執事を見つめてしまった。浮き立った気持ちがしゅんと沈んだ。

この館から凜を追いだしたいと切望しているのは伯爵のほうだから、凜を閉じこめるのは、凜が逃げだすことを警戒しているのではなかった。

速やかに前言撤回である。ウィンベリー伯爵は思いこみが激しく、被害妄想の気がある独裁者だ。加えて、人を見る目がない。

「先ほどの、伯爵への感謝の気持ちを取り消します。ジョーンズさん、俺の仕事は帽子デザイナーで、盗みを働くことではありません。館の主に外に出るなと言われたら、納得はできなくとも出ないだけの分別は持ち合わせているつもりです。ここを去るときには、ズボンのポケットからスーツケースまで、全部お見せして身の潔白を証明しますから、鍵はかけないでもらえませんか」

「私では判断いたしかねます。旦那さまにお伝えしておきましょう」

忠実なる執事は、丁寧なお辞儀《じぎ》をして出ていった。

鍵のかかる音を聞いて、名誉毀損《めいよきそん》で訴えてもいいのではないかと凛は思った。伯爵は潤に騙されたが、凛は伯爵に騙されたのだ。

純粋な気持ちでコンタクトを取っただけなのに、これ幸いと甘い言葉で誘《おび》き寄せられ、まんまと伯爵の手のひらの上で踊らされている。伯爵の頭にはなかったであろう、明日という時間を確保できたのは奇跡のようなものかもしれない。

凛は苛々して、部屋のなかを歩きまわった。部屋から自主的に出ないのと監禁されるのとでは、雲泥《うんでい》の差がある。

仕方ないこととはいえ、まったく自分を信じてもらえないのはショックだった。凛はこれまで、正直に真っ直ぐ生きてきたつもりだった。

師のように有名になりたいとか、上流階級の女性の帽子をデザインしてみたいとか、もっと繁華街に近い場所にショールームを設《もう》けたいとか、せちがらい望みももちろん持っている。

けれどもそれは、向上心のある人間であれば誰しも願うことであって、下劣なものではないと思う。目的に向かう努力も惜しんでいない。

そんな自分を捕まえて、窃盗《せっとう》や詐欺を警戒するなんて、馬鹿馬鹿しいことだ。

苛立ちは治まらなかったが、うろうろしているのにも飽きてきた凛は、青い布が垂れ下がった天蓋《てんがい》つきのベッドの端に、遠慮がちにちょこんと腰かけた。

閉じこめられたといっても、ここもサウスウッド・ハウスの一部である。

見学コースに入っているのかどうかは知らないが、ただの見学者は宿泊などできないのだから、凛にとっても貴重な経験となるだろう。サインをしてしまえば、見ることさえも許されない。

腰を上げた凛は、大きな窓から館の外を眺めることにした。カーテンの向こうに広がっていたのは、美しい一面の緑だ。

明るい緑の絨毯のなか、ところどころに濃い色の葉をつけた木々が生《は》えている。右の端には湖があり、左側に森のような雑木林《ぞうきばやし》が見えた。

ガイドブックで仕入れた知識によると、館の窓からは整形庭園が望めるらしいが、この部屋からは見えないようだった。

「そりゃそうか」

凛はひっそりと苦笑した。

サウスウッド・ハウスの看板のひとつにもなっている美しい庭園が一望できるような部屋を、凛にあてがってくれるはずもない。

この部屋と、この部屋の窓からの風景が、館のなかでは最低ランクなのだとしても、凛の目には充分美しく見えた。

大規模なチャリティ会場になったり、乗馬大会などが行われることもあるというサウスウッド・ハウスの敷地は、凛からすれば、広いという感覚がなくなるほどの広さなのであろう。

日本人がよく使う、東京ドーム何個分という比較さえ、無意味に思えるような。

ロンドンから車で一時間ほどのところに、このような景色《けしき》が広がっているのは、実際にこの目で見ても信じられない思いだった。

こんな状況でさえなかったら、ただひたすらに感動することができたのに。

ヒューの冷たい瞳を思いだすと、どんなに美しい庭の緑も色褪せる気がして、凛はそっとカーテンを戻した。

3

翌日の午後、ヒューは妹のみならず、弟も連れて凛の部屋へやってきた。

部屋から出してもらえなかった凛は、昨晩の夕食、今日の朝食と昼食をここで食べた。部屋は素敵で、料理はおいしく、最新式に改装されていたバスルームの使い心地《ごこち》は最高だったが、愛想のない執事と、話しかけても一言も口をきいてくれないメイドに世話をされながらの監禁状態というのは、思いのほか凛の気を滅入《めい》らせていた。

しかしこれが、精神的に弱らせておいて、三人がかりで一気に攻めて早急にサインをさせる作戦ならば、失敗である。凛にだって日本男児の意地があるのだ。

昨日と同じ機嫌の悪そうなヒューが、ヒューよりも薄い翠の瞳を持つアリシアと、栗色の髪に茶色い瞳のレイフを簡単に紹介した。

アリシアは目元がヒューによく似ていて兄妹とわかるが、レイフにはヒューに似ている部分はまったくなかった。言われなければ、弟だとはわからないだろう。

マーカス家は長身の一族なのか、三人とも背が高かった。女性のアリシアでさえ、ヒールの高い靴を履いている今は、百七十センチの凛よりも視線がわずかに高い。

大きいなと思っただけで、昨日はあまり考えもしなかったヒューの身長は、百八十五センチといったところだろうか。

　レイフは胸を張っていかに堂々と見せようとも、頭のてっぺんがヒューの眉毛くらいの高さにしか届いていない。人を嘲るような笑みを終始浮かべていて、ヒューの完璧なる紳士の所作を見たあとでは、彼のふるまいは明らかに洗練されておらず、どこか下品で感じが悪かった。

　そうはいっても、なにもかもが完璧に整っているヒューと並んでいるから見劣《みおと》りするだけで、レイフ個人の容姿は充分ハンサムな部類に入ると言えた。

　機嫌の悪い男と感じの悪い男、隙あらば噛《か》みつく気満々なのが透けて見える淑女《しゅくじょ》に囲まれ、凛は心のなかで自分自身を励《はげ》ました。

「きみが本物なのかい？　館の主は翠の瞳と決まってるらしいけど、きみは黒いんだね」

　レイフは凛の全身を舐めまわすように見ると、息がかかるほど近くまで寄ってきて、瞳の色を確認した。

　凛は思わず顔を背け、一歩あとずさりした。

「マーカス家とつながりがあるなんて、まったくわからないよ。まぁ、こないだの偽者よりは綺麗な顔をしてる。ちっちゃくて可愛いなぁ。髪も真っ黒だ。染めてるわけじゃないんだろう？」

「やめてください」

いきなり伸びてきた指に横の髪を一筋取られて、凛は怒りを堪えながら、レイフの無礼な腕を押し退けた。

その仕種に腹を立てたのか、レイフはさらに手を伸ばして凛に触ろうとする。

「本物かどうか確かめてるだけじゃないか。ぼくたちは一度、偽者に騙されたことがあるんだ。疑り深くなっても仕方がない。日本人は本当に、信用ならないからね」

「俺は本物です！」

「偽者だと自己申告《じこしんこく》する偽者はいないさ。成人していると聞いたが、ティーンエイジャーみたいだ。いや、肌はまるで女の子みたいだね」

しつこいレイフの腕から逃れようとすれば、ヒューのほうへ近づくこととなり、ヒューの隣には美しいアリシアが立っている。背後はベッドで行き止まりだ。

凛は追いつめられたネズミの気分で、必死になって逃げ場を探した。レイフに触られたくないが、ヒューの懐《ふところ》に飛びこむのは自殺行為だ。

しかし、進退窮《しんたいきわ》まった凛を助けてくれたのは、意外にもヒューだった。

「レイフ、いい加減にしないか。私たちは話し合いのためにここに集まったのだ。彼の素《す》性《じょう》なら、私が昨日確かめた。たとえ彼が欲深く厚かましい不愉快な人間だったとしても、お前がそのような不躾《ぶしつけ》な行動を取っていいことにはならない」

相変わらずの酷い言われようだが、レイフが止まってくれたので、凛はほっとした。

「ぼくは顔を見に来ただけだ。ぼくたちの身包《みぐる》みを剥《は》がして追いだそうとしている日本人の顔をね」

「それなら、いやがるのを追いかけてまで、髪に触れる必要はないだろう」

ヒューとレイフの視線が絡み合う。

「へぇ。明らかな侮蔑の言葉を投げつけて、一晩部屋に監禁するのは許されるけど、髪を触るのは駄目なんだ？　その境界線ってどこにあるの？　聞いてもぼくには理解できないのかな、貴族的なふるまいってやつは」

「今はお前と議論するときではない。私に訊きたいことがあるなら、あとにしてくれ」

たとえ相手が、敵視している日本人であろうと、自分の弟であろうと、ヒューの断固とした言い方は変わらなかった。

「わかったよ、邪魔者は退散するさ。もともと招かれてもいなかったしね」

兄のそんな態度には慣れているのか、レイフはあっさりと肩を竦めてそう言い、

「この堅物の兄と勇ましい我が妹、レディ・タイガリスを相手に、どれだけガッツを見せられるか、これでもぼくはきみに期待してるんだよ。健闘を祈る」

と懲りずに凛の顔を覗きこむようにして言った。

思いきり仰け反った凛は、みんなの前で背中から無様《ぶざま》にベッドに沈んだ。

「わっ……！」

悲鳴をあげて慌てて身体を起こしたものの、逃げたときと同じ場所にレイフがいるので立ち上がれない。

「おや、びっくりさせてしまったかな、日本の黒い仔猫《こねこ》ちゃん。ぼくのせいだろうから、起き上がるのに手を貸すよ」

「けっこうです。あなたがそこを退いてくだされば、自分で立てます。それに、俺は二十六歳です。俺を仔猫だなんて呼んで恥を掻くのはあなたじゃないですか」

凛は侮蔑をこめて刺々《とげとげ》しい口調で言ったが、レイフはにやにや笑ってまるで気にしなかった。

「ぼくと同い年だって！　見えないなぁ。これが東洋の神秘というやつか」

「そのくらいにしたらどうなの、レイフ。見ていられないわ。私たちが話し合うべきは、そんなことではないでしょう」

黙っていたアリシアが、初めて口を開いた。

妹にたしなめられたレイフは、一人だけ仲間はずれにされたような顔をしたが、さすがに分が悪いと思ったのか、しぶしぶ扉のほうへ向かった。

「どうなったか、結果くらいは教えてくれよ。ぼくも一応はこの館で育ったんだからさ」

「わかってるわ」

アリシアが頷くと、ようやくレイフは部屋を出ていき、凛もそそくさと起き上がった。

少し乱れたスーツを手早く直して、ベッドに倒れこんだことなどなかったかのような態度を取り繕い、残った二人と向き合う。

「サインをする気になったか？」

「俺の気持ちは昨日と一緒です。誤解を残したままサインはできません」

ヒューはため息をついたが、凛の返事は予想していたようだった。

噛みついてきたのはアリシアで、昨日のやりとりを兄からどのように説明されたのか、敵意を剥《む》きだしにして凛を睨みつけてくる。

「いったい、なんの誤解があるというの？　あなたの目的なんてお見通しよ。私たちをここから追いだそうなんて、無駄なんですからね。のこのこ日本から出てきたことを後悔させてあげる」

少し低めの声は、しゃべっている内容がヒステリックな脅しであっても、落ち着いて聞こえるところが不思議だった。

背中まである長い金髪に、光沢のある黒いスタイリッシュなスーツが決まっていて、凛より年下とは思えない。

レイフはレディ・タイガリスと言っていたが、貴族の娘を雌虎《めすとら》令嬢などというあだ名で呼んでも許されるのは家族のみであろう。

凛は怯《ひる》みそうになりながらも、なんとか笑みを口元に浮かべることに成功した。

歯切れのいい、上流階級の人間が生まれながらに身につけている上品な発音で繰りだされる罵り言葉には、昨日のヒューのおかげで耐性がついている。

まずアリシアが着ていた服を褒め、敵意のない自分のアピールに努めてから、昨日ヒューにした話を繰り返して詫びた。

「又従兄弟の潤がご迷惑をおかけしたことは、申し訳なく思っています。俺は日本で仕事をしているし、あなたたちが育ってきた大事な家を奪おうなんて考えていません」

「ここは素晴らしいところよ。素晴らしいと思うからこそ、あなたも見学したいと思ったんでしょう。今でなくても、いずれ絶対に欲しくなるわ」

「そして、住み慣れた故郷の日本を離れて、ここで暮らすんですか？　独りぼっちで？」

アリシアの瞳が怒りで光った。

「住む気なんてないくせに。偽者はそう言ってたわよ。あなたも自分のものにしておいて、売るつもりなんでしょう。だから、相続放棄の書類にサインをしないんだわ」

「難しいかもしれませんが、潤と俺は違う人間だということをわかってください。見学に来た途端にお前は泥棒だと罵られ、欲しいと主張した覚えもない財産を放棄する書類にサインをしろと迫られているんです。このままサインをしたら、俺が泥棒であると認めることになります」

「サインをしたら、泥棒じゃないってことがわかるわよ。とても明らかに」

さすが兄妹というべきか、考え方がヒューとまったく一緒だった。

凛は苦笑しつつ、黙っているヒューにちらっと視線を投げた。

仏頂面《ぶっちょうづら》で――もちろん、そんな顔でもハンサムだった――手持ち無沙汰に立っていた彼は、壁際に置いてあった椅子《いす》を、自ら少し手前に持ちだして腰かけた。

無言で座っていても存在感が薄れることはないけれど、二人から交互に、答える暇もなく攻めたてられると思っていたから、彼が多少なりとも引いているのはありがたかった。

「無実を証明する順番は大事なんですよ、レディ・アリシア。サインをするのはかまわないけど、泥棒のように扱われたままではいやなんです。ちゃんと俺がそんな人間じゃないことをわかってもらって、脅されたり罵られたりして無理やりサインさせられるのではなく、自分から望んでしたいんです。そのために、俺の話に耳を傾けてほしいと思います」

「だからこうして聞いてるじゃないか」

口を挟んだヒューに、凛は訴えた。

「そっぽを向いている相手に、俺が勝手にしゃべるんじゃなくて、理解するためにそちらにもきちんと聞いてほしいということです。そんなに長くはならないでしょうから、お忙しいお二人の時間は取らせません。話をするだけです。たったそれだけのことも、俺には許されないのですか？」

声を荒らげることのない穏やかな凛の主張に、アリシアは困った顔をした。

どう答えるべきか、兄の様子を窺《うかが》っていたが、ヒューは目を合わさずに腕を組んで椅子にどっしりと座ったままだった。こうなったら、話を聞くしかないと諦めているようにも見える。

兄からの援護が得られなかったアリシアは、ばつが悪そうに言い訳をした。

「話も聞けないほど、私たちは頑《かたく》なではないわ。それに、私たちが悪者みたいな言い方もしないでほしいの。前の偽者は本当に偉そうだったし、強欲で感じも悪かったから、あれを忘れることはなかなかできないのよ。あなたも又従兄弟なら、わかるでしょう？」

「彼とは子どものころに会ったきりで、交流がないんです。顔もはっきり思いだせないくらいで。名前を騙られているとは思いもしなくて、驚きました」

「顔も思いだせない又従兄弟までもが知っているほど、ウィリアムの遺言は広く知られていたということか」

厄介事が増えたと言わんばかりにヒューが言うので、凛は当時の状況を説明した。

「十四年前に、遺言の手紙が収められていた蔵の掃除を、親戚一同で集まってやったんです。なので、そこにいた者は知っていますが、百年前の手紙を本気にしてイギリスまで行こうと考えていたのは、たぶん潤の父親だけでした。会社の資金繰りがうまくいかなくて、困っていたそうなので。俺は十二、潤は十四歳のときです」

「まぁ、あなたたちはたったの十四年前まで、知らなかったというの？」

アリシアは呆気《あっけ》に取られたように言った。

ジョージの子孫は百年前からあれこれと対策を考え、時代の移り変わりとともに変動する財産や資産価値やらを計算しなおし、双方納得できるような落し所をそれぞれの時代で見つけようと頭を捻っていたに違いないのに、その大部分が無駄だったのだ。

「そうです。俺がイギリスという国に興味を持ったのも、それがきっかけだったんです。俺にとって、ウィリアムの遺言とは金の生《な》る木ではなく、お伽話《とぎばなし》でした。ある日突然、自分がイギリスの由緒《ゆいしょ》ある伯爵家と血のつながりがあると知って、興味を覚えないものはいませんもん。たとえそのつながりが、薄くて薄くて見えないくらいの薄さであっても、まるで未知の世界の扉が開いたような気がしたものです」

「ちょっと大げさじゃない？　高木戸家も日本の貴族だったのでしょう」

「ええ、ウィリアムが来日した当時はうちも男爵位を持っていましたが、日本では六十年前に華族制度は廃止されましたから。俺が生まれるはるか前です。いまだに旧高木戸男爵のなんとか、というふうに言われたりもしますけど、過去は過去でしかありませんし、俺自身の立場や意識は一般市民と変わりません。イギリスの貴族制度が存続していることに、むしろ驚きました」

「そんなものかしら」

生まれたときから貴族のアリシアには、ピンと来ない話のようだ。

「そんなものです。ですが、ウィンベリー伯爵家とのつながりには興奮したものの、曽祖父の父親というのは誰彼かまわず自慢するには縁が遠すぎたのも事実です。それに、ウィリアムの手紙だけでは、マーカス家の人たちが俺たちの存在を知っているかどうかさえ、わからなかった。百年間なんの連絡もなかったことを考えると、知らない可能性が高いと思っていました」

「ちょっと失礼。座ってもいいかしら」

立っているのに疲れたらしく、アリシアがテーブルの椅子を引きだして腰かけた。

これで立っているのは凛だけだ。ヒューを見ると、眉根を寄せながらも重々しく頷いてくれたので、凛もベッド脇に置いてあった椅子を持ってきて座った。

「こんなことになるなら、応接室で話せばよかったわね」

「人数分の椅子があるんだから、問題ない」

兄妹のやりとりを聞きながら、凛はそっと肩の力を抜いた。

なんとなく部屋の中心に向かって、思い思いの場所に座っているだけだが、最初の大波は乗り越えたような気がしていた。

しかし、気を抜いていたら、次の大波にさらわれてしまう。凛が得意なのは帽子作りだけで、演説や説明は苦手だ。

とにかく、一生懸命《いっしょうけんめい》話すしかあるまい。

「ウィリアムの手紙を発見してから、サウスウッド・ハウスがどんな館なのか知りたくて調べました。英語の勉強に身が入ったのも、いつか見に行こうと心に決めたからです。それが今回、やっと実現して。館の見学が目的でしたが、実を言うと、秘書の方に滞在を勧められてからは、運が良ければ伯爵にお会いできるかもしれないと期待していました」

「私に会って、どうするつもりだったのかね」

「権利を主張するつもりじゃなかったのは、たしかです。そちらはウィリアムの日本滞在中の行動について、詳しくご存知でないと思っていたので、もし機会があればそのことをお話しできればと考えていました」

「見学だけが目的ではなかったようだな」

とうとう尻尾を出したな、この嘘つきめ、と言わんばかりのヒューの台詞だったが、彼は落ち着いて話のつづきを待っている。

皮肉や文句をチクリと言わずにはいられないのに、凛の話を打ち切ろうとはしない。

凛はそんな彼の態度に少しばかりほっとした。

「最初からこう言っても、あなたを余計に怒らせるだけだと思ったんです。それに、昨日のあなたは取りつく島もなかったし。うちの蔵に眠っていたものを見ていただけますか？　俺の意識をヨーロッパへ向けさせ、帽子デザイナーという道まで歩ませてくれた、悲しいロマンスの欠片《かけら》です」

二人の返事を聞かず、凛はベッド脇に置いていたスーツケースを開けると、手紙の束と写真を取りだし、アリシアの前にあるテーブルに置いた。

そうして、ウィリアムが宮子と結婚できなかった理由、ウィリアムが去った日本で、宮子とその息子ブランドン・博昭がどのような人生を送ったのかを説明した。

「これがウィリアムが宮子に宛てた手紙です。例の遺言はここに書いてあります」

保存状態はよかったけれど、年月には勝てず黄ばんでぼろぼろになった手紙を広げ、覗きこんできたアリシアに見せる。

「……本当だわ、ちゃんと読める。ええっと、きみがいない人生なんて……考えられない、息子の声が聞きたい……」

アリシアは最初、言葉に出して読み、ふと口を噤《つぐ》むとあとは目だけで古い文章を追った。

「これはウィリアムと宮子の写真です。さすがに二人一緒に写ってるのはなかったんですけど、ウィリアムの写真は宮子がこっそり持っていたようです。翠の目を持つ息子に本当の父親を見せたかったのかもしれませんね。それから、こっちは宮子からウィリアムに宛てた手紙になります。出したかったけど家族の目があって出せなかったのか、出すつもりもなく書いたのか、それはわかりません。蔵のなかで、彼女の着物の間に隠すみたいに挟まれていました」

凛の説明を聞きながら、アリシアはとても慎重な手つきで手紙や写真を扱った。

凛たちの様子を黙って見ていたヒューは、逡巡《しゅんじゅん》の末に椅子から腰を上げて近づいてきた。腕を伸ばし、アリシアが見終わったウィリアムの手紙を手に取ろうとする。

そのとき、アリシアの口からびっくりしたような叫び声が漏れた。

「まぁ！　これ英語じゃない。宮子は英語でウィリアムに手紙を書いていたの？」

「そうみたいです。もともと宮子は少し英語が話せたらしくて、それが縁でウィリアムとの仲もどんどん進行したようなんです。それでも、この時代に英語で手紙が書ける女性は珍しかったでしょう。きっとウィリアムのために、一生懸命学んだのだと思います」

凛は何気なく答えたが、これを見つけたときはアリシアに負けず劣らず、驚いたものだった。最初は宮子が書いたとは思いもしなかった。

しかし、英語で書いてあったからこそ、凛はその手紙を――辞書を引き引きしながらも――読むことができたし、宮子の素直な想いをよりいっそう実感できたとも言える。蔵にはブランドンから宮子に宛てて書かれた日本語の手紙もあったが、達筆すぎてその場にいた誰も読むことができなかったのだ。

アリシアは時間をかけて、凛が持参したすべてのものにじっくりと目を通し、妹ほど熱心ではなかったものの、ヒューも丁寧に手紙を開いては内容を確かめていた。

しばらく古ぼけた写真を眺めていたアリシアは、毒気を抜かれた顔で凛を見上げて呟いた。

「百年も前にこんなことがあったなんて、知らなかったわ。ウィリアムは本当に、宮子とブランドンを愛していたのね。そして宮子も……。あなたはこのことを私たちに教えたかったのね」

薄い翠色の瞳に理解が満ちているのを見て取り、凛は安堵して微笑んだ。

「ウィリアムの手紙はほぼ一方通行で、日本にしか残ってませんから。こちらに来て、ジョージとウィリアムのやりとりを聞いたときは、びっくりしてしまって。ウィリアムがエメラルドのカフス・ボタンを日本に残して帰ったことなんて、昨日初めて知りました。潤がこちらに持ってきたということは、蔵のどこかに眠っていたのを、彼が盗んだのかもしれません」

「ウィリアムからの手紙には、カフス・ボタンのことは書いてなかったわね」

「もし書いてあったら、俺も気になったでしょうし、探していたと思います」

「故意に盗んだのだとしたら、あなたが探しても見つからないでしょう。……私、思うんだけど、あれはとても価値のあるものだから、ウィリアムはこっそりと宮子にあげたんじゃないかしら。成長したブランドンに渡すように。手紙に書けば、誰が読むともわからないし、取り上げられてしまうと思ったのかも。百年も前のことだから、すべてを解き明かすことはできないけど」

アリシアはぼんやりと宙を眺め、自分の想像を夢見るように語り、

「私は宮子のほうも気になったわ。彼女が書いた手紙に、あなたからもらった鳥をいつも見ている、って文があったでしょう。『鳥』ってなにかしら？」

と首を傾げた。

「……これですよ」

凛はズボンのポケットから、大事にハンカチに包んだものを取りだして見せた。

それは、鳥を象《かたど》ったブローチである。金色に輝く地金の上に、瞳はエメラルド、羽の部分にはダイヤモンドやサファイア、ルビーが散りばめられている。

覗きこんできたアリシアに、凛はそれを手渡した。

「鳥だわ、すごく綺麗……。きっと有名なデザイナーの作品ね」

「ウィリアムから宮子への贈り物だと思います」

極彩色のブローチは、白黒写真に写っている和服の女性には華やかすぎる気がしたが、彼女に似合うか似合わないかを一番わかっていたのは、わざわざこれを作らせて贈ったウィリアムだろう。

ウィリアムは見たことがあるのだろうか。これを身につけた実際の宮子を、着物ではなく西洋のドレスで着飾った宮子の姿を。

見たことがあれば、帰国後には何度もその姿を思いだし、見たことがなければ、数えきれないほど想像したに違いない。

「宝石は本物のようだが、このブローチにどのくらいの価値があるか、鑑定してもらったことはあるのか」

アリシアから受け取ってブローチを眺めていたヒューが、とても即物的なことを言ったので、凛とアリシアは思わず顔をしかめた。

「いいえ。これは広い蔵のなかで俺が見つけたんです。どうしても自分で持っていたかったので、両親にねだって手紙と一緒に俺がもらいました。両親はたぶん、本物だと思ってないのかも。俺も子どものときは本物だとは思わなかったし、本物だったとしても、宝石の価値なんてわかりませんから。その後、時間をかけて手紙やウィリアムのことを調べていくうちに、本物かもしれないと思うようになりましたが、売る気はなかったので調べませんでした」

「金庫に入れるか入れないかはきみの勝手だ。しかし、旅の間に失くしたり盗まれたりしたら困るだろう。なぜ持ってきたんだ」

ヒューは包んであったハンカチの上にブローチを戻し、凛の不用意さを詰《なじ》るように言った。

だが、その非難は凛とブローチのことを気遣うがゆえのものだ。欲深く厚かましい不愉快な人間と凛を罵った彼の鉄板のごとき心の壁も、悲恋に終わった恋人たちの話で少しは薄くなったのだとしたら嬉しい。

「持ってきたほうがいいと思ったからです。俺の勝手なお願いなんですが、このブローチはサウスウッド・ハウスに保管していただきたいんです」

「なんだって」

「なんですって」

ヒューとアリシアは同時に言った。

驚いたときの反応もそっくりな兄妹である。二人の唖然とした顔を見ながら、凛はつづけた。

「ウィリアムの帰国後、宮子は高木戸の家のために好きでもない男と結婚させられましたが、彼女がウィリアムを愛していたことは間違いありません。彼女はきっと、息子を連れてウィリアムと一緒にイギリスに行きたいと願ってた。それは叶いませんでしたが、せめて形見となったブローチだけでも、ウィリアムと添わせてあげたい。サウスウッド・ハウスにはウィリアムの想いがこもっているように思います。ここに、このブローチを置いていただけませんか」

宮子をマーカス家の一員として認めてほしいというような、大げさなものではない。ブローチに宮子の魂《たましい》が宿っていると考えるのは、夢見がちな凛の妄想だと思われても仕方がない。

それでも、凛はブローチをここに連れてきてやりたかった。

この『鳥』になってウィリアムのもとに飛んで行きたいと願った宮子の気持ちを、どうにかして叶えてやりたい。

「私は置いてあげたいわ。せっかく来たのに、日本に帰すのはなんだか可哀想《かわいそう》だもの。価値のあるものだから、ただで譲り受けるのはまずいと思うんだけど」

アリシアは気遣わしげに言った。

「買ってほしいんじゃありません。そんなことをしたら、あの世のウィリアムと宮子に怒られそうですから。ただ、この館で大事にしてもらえたら」

「もちろんよ、それはもちろんだわ。私はジョージの末裔《まつえい》だから、ウィリアムのことはあまり深く考えたことがなくて、身勝手な人だとばかり思っていたの。実際、身勝手でないとは言えないと思うけど、こんな事情があったなんて」

「アリシア、冷静になりなさい。こんな事情があったのなら、サウスウッド・ハウスと財産の半分を譲ってもいいとでも言いだすつもりか」

アリシアを途中で遮ったヒューの声は硬く、不愉快そうだった。

たとえ凛が野心のない、無害な男だったとしても、ウィンベリー伯爵がすべきことは変わらない。館と莫大な財産を譲れるだけの事情など、ありはしないのだ。

「いえ、そんな……」

すっかり怯んでしまったアリシアに目だけで微笑み、凛はヒューを真っ直ぐに見上げた。

「サウスウッド・ハウスもお金もいりません。この『鳥』をここに置いて、大事にしてくださると約束してくれたら、あなたが作った書類にサインをします。禁止事項が厳しすぎる気がするので、ちょっと書きなおしてほしいと思う箇所がないこともないですが、サウスウッド・ハウスと財産相続の権利は放棄すると約束します」

「そのブローチをわざとこちらに渡し、あとで脅し取られたなどと言って騒ぐつもりじゃないだろうな」

凛はヒューの疑り深さに、驚くよりも呆れてしまった。

「あなたは俺の話を信じていないのですね」

「百年前の手紙がここにあるんだ、嘘ではないのはわかる」

「つまり、俺が信用できないってことですか。俺は悲しいお伽話に、少しは救われる結末を用意したいだけです」

「救われる結末を用意したいだけ？　忘れたのか。話を聞いてくれるだけでいいと、きみは最初に言ったはずだ。私は話を聞いた。ひとつが叶えば、きみの望みはエスカレートしていくのか」

凛はぐっと詰まった。たしかに、ヒューの言うとおりだった。

話を聞いてもらえれば、凛に下心がないことをわかってもらえ、すべての問題が解決するのではないかと勝手に期待していた。

だが、手紙や写真を見て、昔話を今ちょっと聞いただけで、凛と同じような気持ちになり、凛と同じだけの思い入れをブローチに抱けというのは無理なのだ。

百年前の悲しい恋物語に、毛の先ほども感動しない男。不特定多数の恵まれない人々に施《ほどこ》す慈悲の心は持っているかもしれないが、それが凛に向けられることはない。

これ以上話すことはないし、話したところで進展はないだろう。ロマンスを解さない男の襟首を掴んで揺すぶり、何時間説《と》こうとも、理解できないものはできないのだ。

凛には、ヒューがそこまでして守らねばならないものの重みがわからなかった。

しかし、それはお互い様だ。凛のことがわからないヒューと、ヒューのことがわからない凛には歩み寄れる余地がなかったのかもしれない。

ここまでか、と凛はため息をついた。

出したときのように、ハンカチで包んだブローチをズボンのポケットにしまう。

「わかりました。飛ばせてあげたかったけど『鳥』は持って帰ります。サインをしますので、書類をください」

立ち上がって止めたのはアリシアだった。

「待って！　二人ともちょっと待って。あれにサインをしたら、あなたはここにいられないし、もう二度と来ることもできないのよ」

「知ってますよ、書類は昨日読みましたから」

「サウスウッド・ハウスに来るのが、子どものころからの夢だったのでしょう？　こんなに簡単に諦めていいの？」

凛にそう言ったアリシアは、ヒューに向きなおった。

「ねぇヒュー、これはあんまりじゃないかしら。凛はこないだの偽者とは違う。偽者を基準にして作った書類は、少し見なおす必要があると思うの」

「弁護士を呼んで、また作りなおせというのか」

「マクラウドなら、あなたが呼べばすぐにでも飛んでくるはずよ。このまま凛を追いだしてしまったら、なんだか後悔するような気がする。きっとイギリスまで来て追い返された『鳥』のことを思いだすわ」

やれやれ、とヒューは肩を竦めた。お伽話に夢中になってしまった妹をたしなめる瞳は、凛に向けられているような冷たいものではない。

「女性というものは、悲しい恋物語には救われる結末がないと納得できないんだな。だが、二束三文《にそくさんもん》のブローチならともかく、立派に財産の一部になりうるジュエリーなんだ。預かるほうにも責任がある。ここで保管するのなら、新たにそのように契約を結ぶべきだろう」

どこまでも情緒《じょうちょ》のない、恐れ入るほど現実的な意見だった。

ヒューは九代目ウィンベリー伯爵で、莫大な財産を所有しているマーカス家の当主だから、凛の口約束を本気にして、軽々しく物事を決めることができないのだろう、というのは、凛にも薄々わかりつつあった。

契約というからにはきちんとした書類が必要になるし、それには弁護士を呼ばねばならない。

伯爵家というものは、凛が考えていたよりもずっと厳格なものなのだ。重んじるべき名誉があり、それに付随する責任を負うからこそ、上流階級の人間としての尊敬を得られる。

「あの、もうけっこうです。話をそこまで大げさにするつもりはなかったし、俺の考えが甘かったんだと思います。あなたがわかってくださっただけで充分です、レディ・アリシア。ありがとうございます」

凛が控えめに申し出てみたが、アリシアは翠の瞳を煌《きらめ》かせ、雌虎のごとく吠えた。

「よくないわよ！　こんな結末、ありえないわ！　あなた、もうちょっと粘《ねば》ってみたらどうなの。あなたがここに来るというので、私たち戦々恐々としてたのよ。肩透かしもいいところだわ。おまけにこのまま帰したら、弱いものいじめをしたみたいじゃない。夜中に罪悪感でうなされそう。寝不足になって肌が荒れたら、私絶対、文句を言うわ」

誰に、とは言わなかったが、相手は一人しかいない。

美しく勝気《かちき》な妹には弱いのか、ヒューはため息をつきながらも、今度は妹との折り合いをつけるべく、自分から譲歩した。

「では、お前はどうしたいんだ、アリシア」

「預り証を作って手順を踏めば、『鳥』を預かってもいいのよね？　それなら、マクラウドに来てもらいましょうよ。相続放棄のことも、せめてもう少し時間をかけて考えてみるべきだわ。凛はいつまでここにいられるの？」

「えっと、こちらには三晩泊めていただく予定でした」

「今日はもう二日目なのよね。じゃあ、明後日にあなたが帰るまでになんとかしないと。ねぇヒュー、急いでマクラウドに電話して。お願い」

アリシアは懸命に兄を急かしたが、ヒューは無情《むじょう》にも首を横に振った。

「駄目だ、アリシア。あと二日でなにができる？　仮に書類を少し書きなおしたにしても、お前のおせっかいは、彼が相続権を放棄するという事実のうえに成り立つものだ」

無心になって寄せる同情でもなければ、無欲で見返りを求めない慈悲でもない、とヒューの厳しい指摘が飛んだ。

「でも、でも……凛はなにもいらないって言ったじゃない」

「今は、な。私たちは彼の人となりを知らない。悪い人間ではなさそうだ、というのはわかる。だが、彼の言葉を全面的に信じるのに二日では足りない」

「じゃあ、もっと時間をかけて……」

アリシアは食い下がろうとしたが、やがて俯いた。

時間をかけて、凛が人畜無害どころか、天使のように素晴らしい人間だとわかったところで、改めて書類を出し、凛が持っている正統な権利を奪うのだ。

潤が来るまでに考えていた案に戻すにしても、我が物にして住む権利がある者に、一年のうち三十日以内にかぎり滞在を許す、などという条件でサインをさせるのが本当に正しいことだろうか。

アリシアの葛藤《かっとう》や罪悪感が、凛には目に見えるようだった。

もう、それでいいと凛は思った。自分や宮子のために苦悩してくれる彼女の想いに触れられただけでも、よかった。

ヒューと二人で話したよりも、よほど清々《すがすが》しい気分でこの館を去ることができる。

「いいんですよ、レディ・アリシア。あなたにお会いできたことが、俺の財産になります。伯爵が伝統ある館を守るのは当然のことです。気にしないでください」

「だけど……」

「俺も気にしません。サウスウッド・ハウスは駄目でも、イギリスへの出入りを禁止されてるわけじゃありませんからね。これからも、イギリスへは何度も来るだろうし、あなたが日本に行くことがあれば、よかったらうちを訪ねてください。実家には宮子が着ていた着物とか、ブランドンの写真もあるんですよ。大きく引き伸ばして額に入れてあるものなので、持っては来られませんでしたけど」

「まぁ、本当に？　見てみたいわ。……そうよね。ここ以外でなら、あなたとはいつでも会えるのよね」

「アリシア」

厳然とした口調でヒューが名を呼んだ。

しかしアリシアは怯まず、ぷっと頬を膨らませ、あろうことか兄を無視した。

「あなた、帽子デザイナーなんですってね」

「そうです」

昨日ヒューにした説明をアリシアにも繰り返すと、さすがに女性だけあって、有川幸弘の名前に大興奮した。

ヒューの反応が冷たかったせいか、凛もやけに嬉しくなってしまい、バッグからパーティの写真や自らのブランドのパンフレットを取りだすと、テーブルの上に広げた。

アリシアがそれを見ている間に、ウィリアムの手紙や写真などを丁寧にしまう。

十二歳のころから夢見つづけ、あれこれと思い描いたサウスウッド・ハウスやウィンベリー伯爵家に関するすべてのことが、これで終わりなのだと思うと一抹《いちまつ》の寂しさが胸を過《よ》ぎったが、やるべきことはやったのだと自分を慰《なぐさ》める。

日本に帰ったら、潤を探してみようと凛は考えた。彼が欲に駆られて余計なことをしなければ、もっと違う結末が待っていたのではなかろうか。

ヒューが訴えなかったのをいいことに、なにもなかったようにのうのうと暮らしていたら、腹が立つ。せめて、なにか一言言ってやりたかった。

「ロンドンでこんなパーティがあったなんて知らなかったわ。それに、あなたの帽子はどれも素敵ね、可愛いわ」

アリシアの声に、凛はふと我に返った。

「ありがとうございます」

社交辞令だというのは、凛が一番よくわかっている。

凛の帽子はカジュアルなものがほとんどだ。日本人にはあまり馴染《なじ》みのない帽子を、日常的にもっと多くの人に被って楽しんでもらうためには、手ごろな価格で親しみやすいデザインでなければならない。

と言い訳をしているが、上流階級のレディやマダムが被るような、高級でエレガント、世界にたったひとつしかない帽子を作っても、なかなか売れないのが現状だ。

師の有川のようにオートクチュールをやって、パリコレなどの有名なショーでデザイナーの帽子を作ったりするのが夢ではあるが、そうなるにはもっと勉強し、経験を積まねばならないと思っている。

しかし、クリエイティブな仕事で成功するために必要なのは、そういった努力ではなく、才能だというのも、凛にはわかっていた。

もちろん勉強も経験も無視できない要素だが、若くして名を馳《は》せる人には非凡《ひぼん》で突き抜けた才能がある。

自分に才能がないとは思わない、いや思いたくない。売れるからという理由で大衆路線を歩むのも、やり方のひとつだ。

そうしながらステップアップを目指せばいいと考えながらも、自分のやり方に納得できていないのも事実だった。

アリシアがめくるパンフレットに何気なく目を落としていたとき、凛は強烈な視線を感じて、俯き加減に視線の主をちらっと盗み見た。

午後の日差しを浴びてきらきら光る金髪を片手で掻き上げ、不愉快そうに凛々《りり》しい眉を真ん中に寄せている。椅子には座らず、壁にもたれて立ったまま、ヒューは凛を睨んでいた。

日本から来たろくでなしが、可愛い妹を誑《たぶら》かしているように見えるのかもしれない。それなら、妹をさっさと連れだせばいいのに、黙って凛を睨んで我慢しているのはなぜだろう。

アリシアを言い包めたものの、彼女の目の前で契約書を広げて凛にサインを迫るのは、さすがにはばかられるのだろうか。

しかし、彼にそんな気遣いができるとも思えない。

「あら、この帽子素敵！」

ヒューを気にしていた凛は、アリシアの声にびくっとなった。

慌てて視線を戻すと、アリシアはパンフレットの最終ページを開いていた。

ドレスを着たモデルが被っているのは、凛が自分でも一番気に入っているワインレッドの帽子だ。タフタとレースをうまく組み合わせ、シルクフラワーをアクセントにして上品に仕上げてある。

「それはトップの張りを出すのに苦労したんです。デザインはすぐに浮かんだんですが、イメージしたように縫い上がらなくて、花の位置を変えたりいろいろ試行錯誤《しこうさくご》しました」

「実物を見てみたいわ。こういうのを、もっとたくさん作ればいいのに」

「ええ、俺もそうしたいとは思ってます。せっかくオートクチュールを学んだので」

「そうだわ、あなたに相談してもいいかしら。今度、お友達の野外コンサートに招待されてるの。ドレスは決めたんだけど、気に入る帽子がなくて困ってるのよ」

凛はアリシアからドレスの説明を聞いていたが、具体的に考えたくなって、スーツケースからスケッチブックを取りだした。

椅子を動かしてアリシアと膝をつき合わせるようにして座り、白い画面にドレスを描きだして色をつける。肩甲骨《けんこうこつ》の下あたりまである髪を、アリシアは伸ばしたままにしたいという。

凛はアリシアを見つめ、ほっそりしていて少し面長な顔に似合う帽子を、さっと描いた。

「こんな感じの帽子だったら、髪を下ろしていてもそんなに重くならないですよ」

「もし、急に髪をアップにしたくなったら？」

「うーん」

唸りながら凛は再び考え、スケッチブックの新たなページに違うデザインの帽子を描いた。

「アクセントはコサージュでいいと思いますが、羽根みたいなのをつけてもおもしろいかも。でも、角度が問題だなぁ……」

何度か描いては消して、凛はようやく納得のいく角度を見つけた。

「もし羽根なら、こんな感じで」

「……すごいわ」

スケッチブックを覗きこんでいたアリシアは、凛が描き起こすものを見て、素直に感嘆の声を漏らした。

「そう言っていただけると、俺も嬉しいです」

よほど気に入ったのか、このドレスは、このスーツは、と次々と新しいお題を出してくる。凛はそれぞれに合うと思われるイメージで、デザインを起こした。

やがてお題が途切《とぎ》れ、アリシアは真剣な顔でしばらくなにかを考えてから、ぱっと面を上げて凛を見た。

「これも縁よね。あなたにお願いしようかしら」

「なにをですか？」

　スケッチブックに描いてアドバイスしただけで、帽子の注文がひとつ取れるのだろうか。凛は少々、期待した。

　それなら、素直に喜びたい。そこに、サウスウッド・ハウスを追いだされる凛に対する申し訳なさが入っていたとしても、気づかないふりをするべきだろう。

　注文したことを、彼女が後悔しないような帽子を作ればいい。

　そのようなことを一瞬にして考えた凛に向かい、アリシアは嬉々として言った。

「来年のロイヤル・アスコットに被っていく、新しい帽子のデザインを頼みたいの」

「……」

「凛も知ってるでしょう？　とにもかくにも、アスコットでは素敵な帽子がなくちゃ、話にならないってこと。今年頼んだデザイナーは有名な人なんだけど、私とはちょっとセンスが合わないの。もちろん、写真もたくさん撮られたし、雑誌にも載ったわよ。瞳に合わせたエメラルド色の帽子で、色はよかったの。だけど、私には似合ってなかった。凛が見てもそう思うはずよ」

　滔々《とうとう》としゃべるアリシアに、凛は相槌を打つこともできなかった。

近所の子どもたちを集めた発表会でピアノを弾くつもりだったのに、いきなり満席のオペラ座に舞台を替えられたようなものだ。荷が勝ちすぎる。

ロイヤル・アスコットはイギリスの伝統的な競馬大会で、競馬場のロイヤルエンクロージャーに入る女性は、フォーマルドレスと頭がすっぽり隠れる帽子を着用するのが決まりだ。紳士たちは黒かグレーのモーニングにトップハットを被る。

デザイナーにとっては競馬の祭典というより、ファッションショーのようなもので、ロンドンの有名なデパートや帽子店では、近くなるとロイヤル・アスコットのための帽子を数多く揃えて顧客《こきゃく》に対応している。

オートクチュールでやっていくためには、セレブに気に入られるのが第一歩となる。

これは一生に一度、あるかないかのチャンスだ。若さは未熟さでもあるが、若いがゆえにできることもあると、有川も言っていた。

しかし、アリシアは本気なのだろうか。凛は愚痴《ぐち》を零《こぼ》しているアリシアの顔をそっと見つめた。

「ウィンベリー伯爵のイメージカラーといえばエメラルドよ。だけど、うちのイメージカラーは一生変わらないわけよ。おまけに母も似たようなのを被っててちゃ、おもしろみがないじゃない。そこをなんとかするのがデザイナーのう」

「似合っていたさ、アリシア」

たぶん、腕の見せ所と言いかけたのを遮ったのは、ヒューだった。

壁にもたれて、気に入らないように凛とアリシアのやりとりを見ていたが、ついに我慢できなくなったらしい。

「似合ってなかったわ！　どんな帽子かも覚えていないくせに、いい加減なこと言わないで。だいたいヒューは私が帽子を被っていようがいまいが、気にしてないじゃない！」

レディ・タイガリスは名に恥じない獰猛《どうもう》さで噛みついた。

「帽子ひとつであれだけ騒がれたら、誰でも気になるさ」

「帽子ひとつ！　そうよね、たかだか女の帽子ひとつよ！　まったく、その言い方で女のおしゃれに小指の先ほども興味がないってことが、はっきりわかるわ」

「……なかなかいい帽子だった。デザイナーを変える必要はないと思うが」

ヒューは数秒目を閉じてから、話をつづけた。耳に痛かったであろう、アリシアのもっともな文句は聞かなかったことにしたらしい。

「そんなにあれが気に入ったのなら、ヒューが被ればいいんだわ。差し上げます」

エメラルド色の婦人用帽子を被るヒューを想像し、凛は思わず噴きだしかけ、慌てて口を手で押さえた。

「どうしても変えたいなら、イギリス中の帽子デザイナーをリストアップしてやろう。そのなかから選べばいい。お前好みの帽子を作るデザイナーも、一人くらいはいるだろう」

ヒューは苦虫を噛み潰したような顔で、アリシアの気を静めようとした。

来年のロイヤル・アスコットでなくても、凛に帽子を注文するということは、凛とのつき合いがつづくということだ。高木戸の名前など、彼は耳にしたくもないに違いない。

「そうね、いるかもしれないけど、来年は凛がいいわ」

「……彼は駄目だ」

「もし彼がユキヒロ・アリカワみたいに、高名なデザイナーになったらどうするの？　女王陛下の帽子をデザインしたら？」

「そうなったら、そのときに考えればいい」

「そのときに頼んだって遅いわよ。スケジュールはあっという間に埋まってしまうのよ。私の帽子なんて作ってもらえないわ！　引き受けてもらえても、順番待ちで三年はかかるかも」

そんなことはたぶんありえない、と凛は思ったが、ヒューも思ったらしい。

「落ち着きなさい、アリシア。ありえない妄想を膨らませ、事態を複雑にするのはやめるんだ」

興奮する妹に引きずられる前になんとか自制と常識を取り戻し、凛に失礼なことを言いながら諭《さと》している。

「ありえないってどうしてわかるのよ」

「冷静になれば、誰でもわかる。だいたい、お前は彼の作った帽子を、実際に見たことも被ったこともないんだぞ。ロイヤル・アスコットで注目され称賛《しょうさん》の眼差《まなざ》しを浴びたいなら、なおさら慎重に選ぶべきだ」

「慎重にほかのデザイナーを吟味《ぎんみ》しても、凛がよかったら？」

「吟味してからの話だろう。なにもしないうちから想像であれこれ言っても無駄だ」

「でも、吟味するにしても、ひとつは凛の帽子を持ってないと、被り比べることができないわ。ねぇ凛。兄の無礼はお詫びするから、私のために作ってくれる？」

濃淡のある翠の瞳が四つ、凛を真っ直ぐに射抜いた。

「妹は興奮しているんだ。きみが良識ある人間なら、断るだろう。よく考えたまえ、きみはこれをチャンスだと思っているのだろうが、実力が伴っていなければ、大きな恥を掻くだけだ。有名デザイナーの帽子と、たとえばきみの師であるユキヒロ・アリカワの帽子と比べられて勝つ自信があるのか？」

「デザインコンクールじゃないのよ、勝ち負けは問題ではないわ」

「だが、今年の帽子は負けたと、お前は感じたんだろう。勝てる帽子が欲しいなら、勝てるデザイナーを選ばなければ」

「だから、私なりに勝てそうなデザイナーを選ぼうとしているのよ」

「つまり、勝ち負けが大きな問題になっているわけだ」

ヒューはそうしてアリシアを言いこめ、再び凛に視線を戻した。

「自分の実力は自分が一番よく知っているはずだ。自信がないと断っても、恥にはならない。わかるな？」

「おしゃれのおの字もわからない人の言うことに、惑わされないで」

ヒューに負けまいと、アリシアが凛を見つめてくる。

まるで二頭の虎に睨まれているかのような威圧感だった。

正直、ヒューに逆《さか》らうのは恐ろしい。凛を侮《あなど》り、馬鹿にしてばかりいる彼の心ない言葉に傷つけられるのも、もうごめんだ。

師を越えられるような自信もない。

しかし、ここで引き下がるのはどうしてもいやだった。

「何事もやってみなければ、結果はわかりません。俺は俺で精いっぱいやるだけです。どういうデザインがいいか、考えてみてくださいますか、レディ・アリシア。そのときに、採寸させていただきます」

4

翌朝、凛は携帯電話のアラームで目を覚ました。

ボタンを操作して音を止め、寝惚《ねぼ》け眼《まなこ》で確認した時間は七時。朝食は八時にジョーンズが運んでくれることになっている。

二晩目もサウスウッド・ハウスに泊まることになった凛だが、やはり館のなかを自由に歩きまわることは禁止された。鍵をかけられないだけましだと自分を慰め、一人寂しく夕食を食べ、昨夜はふかふかのベッドに早々に潜りこんだ。寝るしか、やることがなかったのである。

いくらアリシアが粘ってくれたとはいえ、凛の滞在をヒューが許してくれたのは――しかも鍵をかけずに――大きな驚きだった。

今すぐサインをさせて放りだしたいヒューと、凛にはなんの企みもないのだから、約束の期間はここでもてなし、夕食も一緒に取るべきだと言いだしたアリシアとの舌戦は、口を挟めずに傍観しているしかなかった凛の神経をすり減らした。

実際、ヒューの自制心はたいしたものだと言わねばなるまい。彼が以前から計画していたことは、今のところなにひとつ形になっていないのだ。

しかし、どれほど意に添わない状況に陥《おちい》ろうとも、ヒューは決して怒鳴ったり、口汚い言葉で罵ったり、手を上げたりはしなかった。気の立った雌虎のごとく食ってかかるアリシアを冷静に言い包め、反論の隙もなく言い負かしてしまう。

それは見事と言うほかなかった。なにをどうやっても、彼には敵わないと思い知らされる感じ。

そんなヒューが凛を無理やり追いださなかったのは、アリシアを説得して帽子の注文を取り消させようと考えているからだろう。

そんなつもりで来たわけではないけれど、アリシアの帽子を作ってみたいという思いは強かった。

できれば、ロイヤル・アスコットで被る帽子を。掴めるチャンスはものにしたい。

ヒューのことは気にしないで、帽子については明日、詳しく話をしましょうとアリシアが言っていたから、ここで待っていれば、彼女はきっと来てくれるだろう。

「相続放棄の契約書、やっぱり少し直してもらったほうがいいよな」

凛はベッドから起きだし、顔を洗って身支度《みじたく》を整えながらひとりごちた。

潤がしでかしたことの罪悪感もあって、ヒューの言うとおりにしたいと考えていたが、アリシアの帽子を作るのであれば、今後いっさいマーカス家と関わらないでいることは不可能である。

訂正してほしいなどと言えば、ブローチをただ置くことにさえ難色を示したヒューにどのように罵られるか、考えるだけで気が重い。

必死になって仕事のチャンスを掴もうとするのは、疚《やま》しい行為ではないと自分で慰めた。用意された朝食を食べ、窓から景色を眺めたり、スケッチブックにデザイン画を描き散らしたりして時間をつぶし、凛はヒューかアリシアが部屋に来てくれるのをおとなしく待っていた。

ところが、昼になって部屋の扉をノックしたのは、レイフだった。ジョーンズが運んでくるはずの昼食を載せたワゴンを、手ずから押して入ってくる。

「やぁ。まだサインをせずに粘っていたんだな。翠の瞳の悪魔たちに脅されて昨日のうちに逃げだすかと思っていたが、なかなか根性が据《す》わっているね」

「……なにかご用ですか」

凛は驚きで一瞬言葉を失ったが、気を取りなおして訊いた。

まるで小動物をいたぶるような昨日の仕打ちは忘れていない。人のいい笑顔は見せかけにすぎないのだ。

「そんなに警戒しないでくれよ。一緒に昼食を食べようと思ったんだ。こんなところに一人で閉じこめられて、退屈だろう？」

たしかに退屈だが、レイフと一緒にいるよりは退屈を選びたい。

「そうでもありません。伯爵とレディ・アリシアはどうなさったんでしょうか」

「アリシアは今朝早くにロンドンの家に帰ったよ。ヒューは知らないな。書斎にこもって仕事でもしてるんじゃない?」

「か、帰った? どうして……でも、すぐにこちらに戻ってこられるんですよね?」

ぎょっとした凛の様子などレイフは気にせず、料理の載った皿をワゴンからテーブルに並べ、凛に勧めた。

「食べようよ。立ってないで、そこの椅子に座ったらどうだい。ぼくはこっちに座ることにしよう。きみを取って食べたりはしないって」

昨日、ヒューが座っていた椅子を壁際から持ってきてレイフが座ると、凛も立ち尽くしているわけにいかず、テーブルの前の椅子に腰を下ろした。

「あの、レディ・アリシアがいつ戻られるか、ご存知ですか?」

「そんなこと知らないよ。妹は気まぐれだからね。それよりさ、きみはヒューが用意した相続放棄の書類に、いつサインするつもりだい? 今日? 明日?」

たたみかけるように訊かれて、凛はアリシアの不在にがっくりする間もなく、いろんなことを考えなければならなかった。

「えっと、サインはいずれしますけど、いつになるかはちょっと。伯爵次第《しだい》というところです」

アリシアがいない間に、サインをするわけにはいかない。

帽子受注の件がはっきり決まるまでは、ヒューが契約書に凛が望む訂正をしてくれないかぎり、自分に不利になることは避けたほうがいいだろう。

「ヒュー次第だって？　兄はこうと決めたことは絶対に曲げない男だよ。きみ一人がいくら粘っても無駄じゃないかな。代理人も弁護士もいないんだろう？」

「それでも、やれるところまではやってみます」

レイフが凛の望みを勘違いしているのはわかっていたが、財産目当てではないことを説明するのに凛はほとほと疲れ果てていて、あえて反論はしなかった。

どのみち、この一族はサインをするまではなにを言っても信じないのだ、という諦念《ていねん》もある。

「ヒューの思いどおりになる気はないってわけかい？」

「ええ、まぁ」

マーカス家を守ろうとするヒューに逆らうということは、レイフにとっても迷惑な話に違いないのに、レイフはなぜか満足したように笑い、不思議な質問を投げかけてきた。

「ところで、きみはぼくが兄とも妹とも似てない理由を知ってる？」

突然変わった話題についていけず、凛は困惑して首を傾げた。似ていないのは一目瞭《いちもくりよう》然《ぜん》だが、理由など、父親似か母親似くらいしか思いつかない。

レイフはにやにやしながら言った。

「血がつながってないんだよ、ぼくとヒューはね。ぼくの母、キャサリンはぼくを連れてヒューの父親のロバートと再婚したんだ。ヒューの生みの母であるケイトリンは、ヒューが二歳のとき亡くなったそうだ。アリシアは再婚後に生まれた子だから、ぼくともヒューとも、半分ずつ血がつながってる。ぼくはアリシアとは似ててもいいはずなんだけど、瞳の色のせいかな、あの子はヒューの妹であって、ぼくの妹ではないような気がするよ」

そのような複雑な事情があるとは、思いもしなかった。

なんとも返事のしようがなく、喉の渇きを覚えた凜は、少し冷めてしまった紅茶をごくごくと飲んだ。喉に渋い引っかかりを覚えたものの、気にしている余裕もない。

「どうしてそんな話を俺に？」

カップを空にしてから、ようやく凜は口を開いた。

「ぼくが敵じゃないって教えるためさ。無害で善良にしか見えないきみにも、どうやら野心があるみたいだからね。ぼくと組んだら、うまくいくよ」

「……は？」

「ぼくは母の連れ子だから、なんの権利もない。この家も称号も財産もなにもかもがヒューのもので、たとえヒューが死んだってぼくのものにはならない。母が再婚したとき、ぼくは幼すぎて、ロバートもヒューも本当の父と兄だと思っていたんだ。ぼくも貴族の一員なんだと。でも、違ってた。一方できみは先祖から遺された正当な血と権利を持っているのに、すべてを放棄させられようとしてる。理不尽だと思わないか？　貴族がいったいなんだと言うんだ」

　レイフは椅子から腰を上げて歩み寄り、驚きに強張った凛の肩を馴れ馴れしく抱いた。スーツの上着は羽織《はお》っていなかったので、隔《へだ》てるものがシャツ一枚しかなく、レイフの体温がじんわりと凛に沁《し》みこんでくる。

「あ、あの……」

「ぼくと組んで、ヒューに一泡吹かせてやろう。ヒューが当然のように持っているもの、失うなんて考えたこともないものを、あいつから奪ってやるんだ」

　肩を撫でられ、耳元で囁かれるのが気持ち悪くて、凛は咄嗟に立ち上がった。

「やめてください！　俺はそんなこと、望んでません！」

「望んでなくても、ぼくと組むんだよ。この家と、莫大な財産を手に入れるためには、ぼくと組まなきゃ勝ち目はない」

「欲しくありません！」

　凛は嫌悪も露に拒絶し、追いかけてくる手を避けて部屋のなかを逃げ惑った。扉に鍵はかけられていないから、部屋から飛びだして叫べば、誰かが来てくれるはずだ。

　だが、駆けだそうとした足に、不意に力が入らなくなる。

つんのめるようにして膝を床についた凛の髪を、レイフは猫を可愛がる手つきで撫でた。

「そろそろ効いてきたみたいだね」

「……え？」

力が入らないだけでなく、身体の奥が熱くなってきた気がした。

自分に触れるレイフの手を振り払おうとした腕を逆に掴まれて、引っ張り上げられたと思ったら、次は軽々と抱き上げられてしまう。

「う、わっ、ちょっと……！」

ふわっと身体が浮いた瞬間、凛の身体はベッドに投げだされていた。

凛から目を逸らさずにのっそりと乗り上がってくるレイフの瞳は、おぞましさを感じさせる欲情の炎が宿っている。

「ぼくたちは相棒になるんだ。その前に親睦《しんぼく》を深めておかないと」

「なにを言って……っ」

身の危険を感じ、凛はベッドの反対側から逃げようとした。

「おっと、逃がさないよ。逃げても無駄さ。身体がどんどん熱くなってくるからね。あれを口にしたら、一人じゃどうにもたまらなくなって、誰かの手が必要になる」

シャツの襟首を掴まれ、あえなく引きずり戻された凛は、ようやくいかがわしい薬を盛られたことに気がついた。喉に引っかかった、あの渋い紅茶。

彼は凛に怪しまれずに飲ませるために、わざわざ食事を自分で持ってきたのだ。

「どうしてこんなことを!」

「親睦を深めたいって言っただろう? 昨日、一目見たときから綺麗な日本人だと思ってた。ぼくは東洋人が好きなんだ。女性のほうがいいけど、きみくらい華奢で可愛い顔をしてれば問題ない」

「来ないで、離してください……っ!」

のしかかってくる大柄なレイフが恐ろしかった。震える身体で凛は必死に抵抗を繰り返したが、難なくあしらわれて、押さえこまれてしまう。

「そう暴れるなって。楽しませてやるからさ」

「やっ、離せ! あ……っ!」

シャツを力任せに引っ張られ、音を立ててボタンが弾け飛んだ。

レイフがごくりと唾液を呑みこむ音が、やけに大きく聞こえた。

「……すごい。象牙《ぞうげ》色ってこういうのを言うのかな。手触りもいいよ、すべすべしてる」

「やめろ、触るな!」

「乳首はピンクか。うまそうな色だ」

「いやだ、いやだ……っ!」

凛はやみくもに両手を振りまわした。

突き飛ばして逃げようとしても、身体に力が入らない。こんな男に触られたくないのに、手のひらが肌を這《は》うたびに、熱いものが身のうちから湧《わ》き上がってくる。

暴れているうちにズボンと下着をずり下ろされて、凛の目から涙が溢れた。

夢だと思いたいが、これは現実なのだ。同性である男に卑怯《ひきょう》な手を使われて、欲望の捌《は》け口《ぐち》にされようとしている。

凛は晩生《おくて》で、二十六歳になるこの歳まで、女性とつき合った経験がなかった。仕事柄、女性との出会いは多く、告白は何度もされたが、恋人と呼べる関係になり、セックスをしたことはない。

経験がないと言うには恥ずかしい歳だから、いろいろと悩んだものの、女性に性欲を感じないからといって、それが男性に向いているわけでもなく、自分はそういうことにあまり興味がないのだろうと結論づけた。

凛はよくも悪くも帽子に夢中で、恋愛などしなくても、大好きな帽子さえ作っていられれば、それだけで幸せだったのだ。

「怯えてるね、可哀想に。もっと楽にして、きみも楽しめばいい」

「ひっ！」

股間で縮こまっている性器を握られ、凛は悲鳴をあげた。

ゆったりと上下に擦られて、反応してしまう自分がいやだった。

「ちょっときつめの薬だから、初心者にはつらいかもしれない。きみ、そういう遊びはしなさそうだもんね。……ああ、いやらしい顔になってきた。危ないドラッグじゃないから、安心して。きみが薬の味を覚えて困るのは、ぼくだからね」

「うっ、く……っ、さわ……なっ」

「まだ暴れるの？　もう諦めちゃいなよ、ほら！」

「……っ！　ぅ……く……っ！」

強めに扱《しご》かれた凛は、喉をついて出そうになる声を、唇を噛み締めて押し殺した。

声なんて、死んでも出したくなかった。諦めたくない。どうにかして逃れたい。けれども、身体に力は入らず、レイフのいやらしい手に踊らされてしまう。

――いやだ、助けて……っ、誰か助けて！

涙をぼろぼろと零しながら、凛が心のなかでそう強く願ったときだった。

バンッと大きな音がして、部屋の扉が開いた。

凛とレイフは弾かれたように、顔を扉のほうへ向けた。

閉ざされたおぞましい空間に飛びこんできたのは、光り輝く金の髪と鮮やかなエメラルド。

しかし、ヒュー・マーカスは救世主にはほど遠い険しい表情で、ベッドの上でもつれ合っている二人を睨みつけている。

「なにをしている」

酷薄そうな唇から漏れでた声は、炎さえも凍りつくと思わせるほど冷たかった。

気圧されて、数秒の間が開く。先に動いたのはレイフだった。ベッドから下りながら、乱れた衣服を直し、硬直してしまった凛を指差して言う。

「こいつが誘ってきたんだ。自分一人じゃ、もう持ちこたえられない、今日にもヒューにサインをさせられて放りだされるから、この館と財産を手に入れるために協力してくれって。ぼくはもちろん断ったけど、こいつがしつこくて」

「嘘だ！　彼が俺を襲ってきたんです！」

レイフの虚言に、凛は身体の熱さも忘れて飛び起き、ボタンが無残に飛び散ったシャツをヒューに見せた。

「……と、言っているが？」

レイフは肩を竦め、苦笑した。

「つい、かっとなっちゃったんだ。ぼくが誘いに応じないとわかると、アリシアが酷い目に遭ってもいいのか、なんて言うものだから。こいつは最初からアリシアを狙ってたんだ。アリシアもこいつの魂胆《こんたん》に気づいて身の危険を感じたんだろう、今朝早くにロンドンへ帰ったよ」

アリシアの名前が出た途端に、ヒューの顔色が変わったのが凛にもわかった。

だが、レイフの言葉は、凛にとってもショックだった。

昨日はあんなに親しくしてくれて、ヒューから庇《かば》ってくれることさえあったのに、あのアリシアが挨拶もなく出ていってしまうほど凛を警戒していたとは、にわかには信じられない。

自分の態度が、なにか誤解を招いたのだろうか。

凛は俯いて考えこんだ。もしかしたら、帽子の注文が欲しいがために、欲に逸《はや》った顔をしていて、それを卑しいと思われたのかもしれない。

「レイフ、お前は下がっていなさい。彼とは私が話をする」

ヒューに命じられたレイフは、一度凛のほうを振り返り、ヒューからは見えていないことを承知で、中途半端に乱れた身体を舐めまわすように見つめた。

名残《なごり》惜しそうにため息をつき、ヒューが開けたままの扉へ向かう。

「兄さんに任せて、ぼくもロンドンに帰るよ。彼、卑怯な手を使うかもしれないから、気をつけて」

「私はお前とは違う」

「……だといいけどね」

レイフは静かすぎる声で言い、扉を閉めて出ていった。

ヒューと二人になると、凛はつめていた息を喘《あえ》ぐように吐きだした。

陵辱《りょうじょく》の危機は去ったものの、さらなる困難がやってきて、無言でベッドの脇に立って自分を見下ろしている。

凛は脱がされ放りだされていたズボンを手を伸ばして引き寄せ、剥きだしの股間を覆った。ヒューが黙っていると、自分の呼吸の荒さだけが目立ってしまう。

薬のせいで性器がドクドクと脈打ち、この熱が鎮まるまで、大事な話などできそうにない。普通にしゃべれるかどうかも怪しいが、レイフの嘘だけは信じてほしくなかった。

みっともない格好ながら、精いっぱい背筋を伸ばしてヒューを見上げ、凛は言った。

「レイフが言ってたことはすべて嘘です。信じてください。俺はなにも欲しくないと言いつづけてきました。昨日は、あなたが『鳥』を預かれないと言うから、これ以上ここにいても仕方がないと思って、サインもするつもりだった。アリシアはなにか誤解をしてるんだと思います。俺が彼女をどうにかするなんて、ありえません」

「きみも男だ、ありえなくはない。考えたものだな。デザイナーなら怪しまれずにアリシアと二人きりになれるし、アリシアも警戒しない。近づくには最適の職業ともいえる」

「なっ！　そんなことを考えて、帽子デザイナーになったんじゃありません！」

「きみはたしか、ウィリアムの手紙が今の職業を決めてくれたと言っていたな。十二のころから、このような計画を練っていたというなら、たいしたものだ」

ヒューの勘繰《かんぐ》りは荒唐無稽《こうとうむけい》としか言いようがなかった。

十二の子どもがそんなことを考えるはずもないし、マーカス家に妙齢の令嬢がいることさえ、凛は一昨日まで知らなかったのだ。

「俺は帽子が作りたいから作ってるんです！　ウィリアムの手紙は、俺の目をヨーロッパに向けさせてくれたきっかけにすぎません。帽子作りは生涯をかけた俺の仕事で、俺の誇りです。あなたの憶測で馬鹿にされたくない！」

怒りで欲情も吹き飛ばし、立っていれば地団駄を踏む勢いで、凛は食ってかかった。

「憶測とも思えないから言うんだ。半年前、きみの偽者も、財産を手に入れるのに思いのほか時間がかかりそうだと知ると、アリシアに手を出そうとした。彼女を無理やり汚し、暴行の事実を公表すると脅すつもりだったのだろう。私が気づいて、アリシアをここから遠ざけたから、彼女には知られずに事なきを得たが、女性の尊厳を踏みにじる行為など、絶対に許されない」

冷え冷えしたヒューの声に、凛は彼の怒りの深さを知った。結果的になにもなかったとはいえ、大事な妹をそのような対象にされて、怒らない兄などいない。

そして、又従兄弟がそうだったから、凛も同じだと思われている。

「俺と潤は、違う人間です。どうしてわかってくれないんですか」

「そうだな、きみは偽者よりもたちが悪いらしい。弟までも、その肉体で篭絡《ろうらく》しようとは」

「違う、違うんです……！」

「ではその身体はなんだ」

凛は自分の身体を改めて見て、絶句した。

ヒューと言い合いをしているうちに、手で押さえていただけのシャツがはだけ、薄桃色に染まった肌が露になっていた。隠していたはずの下半身も、ズボンがずれて勃起した性器が隙間から頭を覗かせている。

剥けきって艶やかに輝く先端の濃いピンク色が衝撃的で、凛は慌ててズボンで上から押さえつけた。

昼の日中に性的に興奮した自分のものなど、一度も見たことはない。それを、ヒューにも見られてしまったのだ。

凛はヒューに背中を向けながら、ぼそぼそと言い訳をした。

「レ、レイフに薬を盛られたんです」

「薬だと？」

「たぶん、紅茶に入ってたんだと思います。身体が熱くなってくるって……」

テーブルの上のカップを見て、ヒューは素っ気なく言った。

「飲み干しているのでは証拠にならないな。きみが自分で飲んだのかもしれない」

「だけど、そういう薬は俺が飲んだって、しょうがないでしょう……！」

話題が性に関することに戻ったせいか、凛の身体が疼《うず》き始めていた。ヒューに疑われて腹が立っているのに、身体のどこもかしこもがうずうずしている。

腰が重くて、この欲望を放出しなくては、凛はおそらく立ち上がることもできないだろう。

アリシアを襲うにしても、レイフを誘惑するにしても、こんな状態では本懐《ほんかい》を遂げられない。

そもそも凛は童貞なのだ。色仕かけなんて技が使えるはずもない。

「なぜだ？　男を誘惑するなら、絶大な効果がある」

「……え？」

「その淫らな肉体で、マーカス家の人間を思いどおりにできると思っているなら、やってみるがいい。私がつき合ってやる」

「……」

言葉を失った凛が振り返ると、ヒューはきっちり着こんだスーツの上着を脱ぎ、ネクタイを解いて襟から引き抜いた。

シャツのボタンを三つほど外して、ベッドに乗り上がってくる。

「レイフに見せたその身体、私にも見せてみろ」

「あっ、やめ……っ！」

下肢を覆っていたズボンを奪われ、剝ぎ取るようにシャツを脱がされて、凛はベッドの上を這って逃げた。

枕を掴もうとしたが、ヒューに足首を掴まれて引きずり戻され、仰向けにひっくり返される。

獣のようにのしかかってきたヒューは、凛の両手を頭上で縫いとめた。

「いやだ！　見ないで、見ないでください……！」

凛は涙を零しながら、身悶《みもだ》えた。両脚を挟むようにして跨《また》がられていては、首くらいしか自由に動かせない。

興奮で色も形も変えている己の身体を、あの高貴な瞳でなぶられている。

「いや……いや……っ」

激しい羞恥《しゅうち》に襲われた凛は、背中を浮かせて動かせない腰を捩り、無遠慮な直視を少しでも避けようとした。

「さすがだな。男を誑《たら》しこもうとするだけのことはある。忌々《いまいま》しいが、きみは美しい。その涙は本物か？　企みがばれて、悔しいのか？」

「ちが……違うって、言ってるのに……」

「卑怯な手段を用いたことを、私はきみに後悔させてやらねばならない。謝罪し、許しを請《こ》うまでいたぶってやろう」

「やだぁっ！」

ヒューの右手が凛の性器を握りこんだ。

拘束されていた凛の左手も自由になり、性器を弄《いじ》るヒューの手首を掴んだものの、制止するだけの力はなかった。

薬で疼き、レイフの手淫で膨らんだ陰茎は、ヒューのしなやかな手に包まれて、びくんと脈打った。先走りでしとどに濡れているせいか、手の動きが滑らかだ。

「う……、うぅ……んっ」

「少年のような色をしているな。あまり使ってなさそうだが」

「そん、な……言わ、な……っ、あっあっ、いやぁ……っ！」

ほんの数回扱かれただけで、凛は呆気なく精を漏らしてしまった。白く濁った生温かいものが、凛の腹に飛び散る。

なんとか上体を捩じらせた凛は、覚束《おぼつか》ない手つきで上掛けを手繰り寄せ、そこに顔を埋めて荒い息を吐きだした。

「もういったのか。男を誘惑しようというわりに、堪え性のない。私も男を相手にするのは初めてだが、こんな調子では、きみのほうが餌食《えじき》にされてしまうぞ」

優しさの欠片もないヒューの言葉に、止まっていた涙がまた溢れた。

けれども、凛はヒューに怒りをぶつけて立ち向かうことができなかった。

一度達したことで楽になるかと思ったのに、身体の疼きが治まっていないのだ。

「しっかりしろ。まだまだ、これからが本番だろう？」

ヒューは揶揄《やゆ》するように言いながら、凛の両脚を広げさせ、その間に居据わった。

経験がなくても、男同士でセックスができることを凛は知っていたし、この場合、どちらが女役をさせられるかというのは、考えるまでもなかった。

なにが起こるかわかっているだけに、恐ろしさで声も出ない。

無言で震えている凛の腹から精液を拭い取り、ヒューはその指を大きく開かせた脚の間に差し入れてくる。

秘めておきたい窄《すぼ》まりに指先が触れた瞬間、凛の身体は電流でも走ったかのように跳ね上がった。

「いっ、や……！　いやだ、それ、いや！」

意味のある言葉など考えられず、子どものように拒絶の単語を繰り返す。

ヒューは暴れる凛の性器を掴むことで、抵抗を封じこめた。手馴れた仕種で扱き上げられれば、さほど時間もかけずにむくりと頭をもたげてしまう。

「ずいぶんと初々《ういうい》しい反応だが、これもきみの手か？　口でいやがりながら、ここは素直に喜んでみせて、まったくもってたいしたものだ」

酷い言葉に傷ついていても、急所を握られ擦られていては、口答えもできない。

入り口を撫でまわしていたヒューの指が、異物を締めだそうとする抵抗をあっさりといなして入ってきた。

「う、くぅっ！」

凛は抱えていた上掛けを噛んで、声を殺した。

想像したような痛みはなかったが、衝撃で身体が固まった。こんなところでつながり、快楽を共有できるとは思えない。

どこに終着点があるのかわからないまま、なすがままになっていた凛は、長い指が行き来する感触に、ふと快感めいたものを感じてゆらりと腰を揺らした。

「感じてきたのか？」

ぬめりが足りなくなると、ヒューは指を抜き、凛の屹立《きつりつ》を絞って先走りを絡め、またなかに戻すということを繰り返した。

絡めるのに不足がないほど、凛が感じて濡らしているという証拠だ。指に慣れて後孔が柔らかくなれば、本数も増えた。

「ふぅ、う……あっ、あぁ……んっ」

指の腹で内壁を撫でられて、凛は思わず上掛けから顔を出して喘いだ。

仄《ほの》かに快感めいたものは、いまやはっきりとした愉悦《ゆえつ》となって、凛の身体を熱くさせている。信じられなかった。

「気持ちがいいんだろう？　きみのなかは熱くてよく締まってる。具合がよさそうで、嬉しいよ。せっかくなら、私も楽しみたいからな」

「ん……、く、薬……がっ、俺はこんなの、いや……」

「感じているのは、薬のせいだと言いたいのか？　こんなふうに楽しみたくて、自分で飲んだのだろう？」

「違う……っ！　ん、はぁっ！」

凛は首を左右に振りながら、身悶えた。

なかで曲げられた指が、感じるところを擦っていく。凛の意志とは関係なく、肉襞がきゅっと締まる。

何度も何度も同じ部分に触れているから、きっとそこが弱いことを知られてしまったに違いない。凛も知らなかった肉体の弱点を、ヒューのしなやかな指で暴かれてしまう。

「そろそろ、いいか」

そんな呟きとともに、埋められていた指が引き抜かれた。

楽になった凛が頭を持ち上げてヒューを見ると、彼はズボンのベルトを外し、前を寛げて下着のなかから性器を掴みだしていた。

「……っ！」

その大きさに、凛ははっと息を止めた。

完全に勃起しているとは言いがたいそれを、ヒューは片手で扱いて勃《た》たせ、もう片方の手で凛の脚を持ち上げて開きながら、ひくついている後孔へと押し当てた。

「やっ、やだっ！」

弾力のあるものが当たった瞬間、凛は全身を強張らせて抵抗した。肘をついて尻でずり上がり、追いかけてくるヒューを足で蹴る。

ヒューが避けたので足は空を蹴り、決死の攻撃はやすやすとかわされ、のしかかってきたヒューの身体の下で、凛は四肢《しし》を縮めて丸くなった。

高められた身体は疼いていたが、これ以上はどうしても耐えられない。

凛は陥れられたのだ。セックスを楽しむために薬まで飲んだと誤解している男に、嘲笑されながら抱かれるなんて、絶対にいやだ。

「……っ、く……、ひっく……」

胎児のように丸くなり、嗚咽《おえつ》を漏らす凛の髪に、なにかが触れた。

反応したくなくて無視していると、それは髪から移動して、泣き濡れた凛の片頬を労《いた》わるように撫でた。

閉じた瞼《まぶた》を優しくくすぐられ、凛は恐る恐る目を開けた。

ヒューは凛に覆い被さったままで、びっくりするほど近くに顔があったが、その瞳には気遣わしげなものが宿っている。

「……男は初めてなのか」

耳に入った小さな声は、質問というより確認のようだった。

凛は頷いたが、すぐに首を横に振った。初めてなのは、男だけではない。セックス自体が初めてなのだ。

「したこと、ない……っ、こんなの、誰とも」

ヒューが息を呑んだのは、凛が女を強姦し、男を誘惑するろくでなしでないことが、ようやくわかったからだろう。

凛は緊張を解かずに、ヒューが謝るのを待った。誤解したことを謝って、このまま部屋を出ていってほしい。

彼が紳士の誇りを持っているなら、そうするべきだ。そして、凛のみっともない姿を忘れてくれたら。

ところが、ヒューの口から出たのは信じられない言葉だった。

「ここでやめれば、きみがつらいだろう。経験のないきみが、薬で昂《たかぶ》った身体を一人でどうにかできるとは思えない」

「な、なんとか、しますっ」

「負けず嫌いもいいが、できることとできないことがある」

「あなたに触られるなんて……！」

「あいにく、ここには私しかいない。恋人はいるのか？」

「……」

脣を尖らせて黙った凛の反応で、ヒューは答えを知ったらしい。

「酷くはしない。きみの身体を楽にしてやるだけだ。きみを誘惑の悪魔のように扱ったりしないから、力を抜きなさい」

「やっ、ああ……っ」

予告もなく後孔を指先で撫でられ、凛は大きく身体を震わせた。放置されたことで感度が高まり、よりいっそう指の動きを敏感《びんかん》に感じ取ってしまう。

凛はたまらず、しゃくりあげて泣きだした。

なぜこんなことになってしまったのか、わからない。

自分のなにが悪かったのか、わからない。

頭はパンクしそうなほど混乱しているのに、身体が疼いてたまらなかった。この疼きを止めるためなら、なにもかも、どうなってもかまわないと思えてしまうほど。

「泣くな、そんなふうに泣かないでくれ」

困ったような、少し優しい声とともに、横向きで丸まっていた身体が仰向けにされ、正面から抱き締められた。

口も鼻も逞《たくま》しい肩に埋まってしまい、息苦しさにもがく。

なんとか頭を反らして呼吸を確保したときには、涙は止まっていた。

こんなに強い力で誰かに抱き締められるのは、初めてだった。頭がぼうっとして、思考力がなくなっていく。

ヒューが凛の顔を覗きこんできて、訊いた。

「私に抱かれるのはいやか」

目を瞬かせ、凛もヒューを見つめた。疑り深くて冷たい男が、見惚れるほど端整な顔立ちをしているのはずるいと思う。

凛への敵意に満ちていたその瞳から怒りが消えて、真摯なものが交じっているのがわかる。そのせいか、抱き締められていても、レイフに迫られたときのような嫌悪感はなかった。

むしろ、彼に任せておけば、一人では持て余すに違いないこの身体をすっきりさせてもらえるのではないかと、期待などしている。

「いやなのか、……凛」

迷いを見透かすように、ヒューが凛の名前を呼んだ。

ヒューの声で聞く、初めての音。ここで呼ぶなんて、彼は卑怯だ。いやかどうかなど訊かず、強引に淫欲の波にさらってくれればいいのに。

「……いやです。だって、怖い……」

凛は目を伏せ、掠れた声でぐずった。

「大丈夫だ、きみを傷つけるつもりはない」

「伯爵」

「私のことはヒューと呼びなさい。きみを辱《はずかし》めるために、抱くんじゃない。きみの初めてが、できるだけいいものになるよう、努力しよう」

「あ、伯爵……!」

大きな手のひらで肌を撫でられ、凛はヒューの下で裸身をくねらせた。

「そうじゃない、ヒューだ。呼んでみなさい」

それは甘い命令だった。

「ん、んっ、ヒュー……?」

ヒューはご褒美《ほうび》のように、凛の頬や額にキスを落としてくる。

くすぐったくて首を振って逃げていると、ヒューの唇が凛の唇に触れた。驚いて引いたところを追いかけられ、深く口づけられてしまう。

「……んん……、ふ……っ」

柔らかくて、気持ちがいい。促されるまま唇を開き、男の舌を受け入れた。

歯列をたどられ、上顎を擦られる。奥に引っこめていた舌を突かれた凛は、応えるすべも知らないのにうろうろと舌先をさまよわせ、ヒューに搦《から》め捕られて強く吸われた。

自分の唾液をすすられているのだと思うと、身体の芯が熱くなる。凛の口内にも二人分の唾液が溜まり、勇気を出して飲んでみた。

唾液の交換をしながら、ヒューの両手は凛の身体をまさぐり、尻の柔らかいところを掴んで揉みこんでくる。

「んぅっ、ん……くっ」

揉まれているだけなのに気持ちがよくて、凛は開いた両脚でヒューの下肢を挟み、腰を揺らめかせた。

勃ったままの凛の性器は、二人の身体が揺れるたびにヒューのシャツと擦れ合い、そこから快感を得ていた。高級なオーダーメイドのシャツに違いないのに、恥ずかしい体液で汚してしまう。

罪悪感が羞恥を煽り、凛はいっそう強くヒューに腰を押しつけた。

唇を離したヒューは小さく笑い、凛の首元や鎖骨に舌を這わせながら囁いた。

「ねだっているのか？　もっといろいろしてやりたいが、焦らすほうが可哀想になってくるな。少し待ってくれ」

そう言うと、強く抱いてくれていたヒューがいきなり身体を起こし、ベッドから下りた。

なにをするのかとじっと見つめる凛の前で、ヒューは昼食が広げられたテーブルの上から、小瓶を取って戻ってくる。

「こんなものしかないが、なにもないよりはいいだろう」

小瓶を傾けてヒューが指先に零したのは、蜂蜜だった。

甘い香りが鼻先をくすぐる。ヒューは黄金色に輝くとろりとした液体をたっぷりと指に絡め、それを凛の股間に差し入れた。

「わっ、やだ……っ？」

「すぐによくなる」

暴れる片脚を肩に抱え上げ、脚を閉じることも許さずに、ヒューは凛の後孔をじっくりと解していく。ぬるぬるした蜂蜜は指の動きを滑らかにし、自ら潤《うるお》うことのない凛の内部に絡みついた。

「あっ、あっ、なにこれ……、やぁ……っ」

もの足りなさに疼いていた凛は、たやすく燃え上がった。上掛けを掴み、頭を振りたくり、担がれていないほうの脚をもがかせる。

時間をかけずに増えていく指が、何本自分のなかに入っているのか、わからない。なかで曲げられた指の関節が当たるのも、指先で叩くように撫でられるのも、ヒューのすることすべてが気持ちよかった。これなら、さっき見たヒューのものを受け入れても大丈夫かもしれない。

体温で温められた蜂蜜の匂いは、噎《む》せるほどの甘さで二人にまとわりついている。

凛の準備が整うと、ヒューは指を抜き、シャツを脱ぎ捨てて覆い被さってきた。

自分を抱こうとしている男の重み、肌の温かさに、凛の身体がぶるりと震える。

「怖いなら、目を閉じて私にしがみついていればいい」

むしろ、身体は期待に疼いているから、怖くて震えたわけではないのだが、凛はおとなしくヒューの背中に腕をまわした。

手のひらに感じたのは滑るほどの汗で、冷静な態度を崩さないヒューにも悦楽の波が押し寄せているらしい。

欲望の先端をあてがわれ、反射的に力が入る。それが緩むときまで待って、ヒューはゆったりと挿入を開始した。

「……っ、く……ぅっ」

凛は息をつめた。

硬い男性器が少しずつなかに入ってくる。大きすぎて、自分がはちきれてしまいそうな気がした。

やっぱり怖い。やめてほしい。

怯えて背中に爪を食いこませた凛の耳に、ヒューが唇を寄せて囁いた。

「力を抜くんだ、凛」

「や……、む、り……」

そのとき、ヒューの片手が腹の上を這いだし、凛の性器をくすぐった。

「あっ、やぁ……ん」

噛み締めていた凛の唇が緩んで、嬌声《きょうせい》が漏れてしまう。異物を締めだそうとしていた後孔からも、力が抜けた。

ずん、とヒューが腰を進める。

「うあ……、あっ」

凛を襲っているのは、痛みばかりではなかった。ヒューにあやされながら、凛の狭い道が肉塊《にくかい》によって開かれていく。

蜂蜜のおかげで、苦しいけれど、閊《つか》えるような不具合は感じなかった。

どれほど奥まで入ってくるのだろうと不安になったとき、ようやくヒューが動きを止めた。

「これで全部だ。よく我慢したな。痛いか？」

凛は深く考えずに、首を横に振った。

ただ、自分のなかがいっぱいだと思った。不可解な充足感が全身を巡り、痛みや圧迫感が麻痺《まひ》していくようだ。

どこが二人の境目かわからなくなり、つながっている部分をきゅっと締めつけてみる。

「……っ」

小さく呻《うめ》くヒューの声を聞いた瞬間、なにかのスイッチが入ったみたいに、凛の身体が勝手に蠢《うごめ》きだした。

男を初めて受け入れた肉襞は、動かない肉茎を包んで揉みしだく。そうするのが当然の作法のように絡みつき、さらに奥へ引きこもうとする。

「や、やだっ、やだ……ぁっ」

一連の動作を自分でしておいて、凛は悲鳴をあげた。

たったそれだけのことで、気持ちよくなってしまったのだ。

ヒューの性器はすごく硬くて、熱かった。それに、深いところまで我が物顔で入りこんでいる。

「怯えなくていい。それでいいんだ、凛」

欲情に低く掠れた声でヒューは言い、肉襞の動きを止められない凛のなかで、張りつめた肉棒をゆるやかに前後し始めた。

「あっ、あっ、いや……やっ」

凛はしっかりとヒューにしがみついた。

引きだされるときは腰の力が抜けそうになり、貫かれるときは力んでしまう。気遣うようだった動きは次第に大胆になっていき、数回に一度は身体がぶつかってパンッと音がするほど奥を突かれた。

浅く軽く突かれるのもいいが、奥まで強く、深くされるのもたまらない。

「やぁっ、あぅ……ん、んっ！」

「悦《よ》さそうだな、楽しめそうか？」

夢中になって男の動きについていこうとしていた凛は、ヒューの言葉にはっと我に返った。

お互いに、望んだ行為ではなかったことを思いだしたのだ。無尽蔵《むじんぞう》に湧き上がる欲望に翻弄《ほんろう》されて、凛だけが気持ちよくなるのはいやだった。

無理やり落とされた快楽の海でも、どうせ泳ぐのなら、ヒューも凛と同じように感じてほしいと思う。

凛の肩口に顔を押し当てているので、ヒューの表情は見えない。

「あなた、は……？」

「私のことはどうでもいい」

「……っ！　そ、んなの、いやです……！」

「言っただろう、私はきみを悦くしてやりたいんだ。きみはただ、感じていればいい」

ゆるやかだった腰の動きが、速まった。

心が不満を感じていても、身体はもう止められない。

「だ、め……ふぁっ、あっ！　やだ……っ」

大きさと相応の質量を備えたものが、凛のなかを長々と擦って出ていき、また戻ってくる。

擦れているところから愉悦が湧き上がり、凛を狂わせていく。指で確認されたポイントも、彼は抜かりなく突き上げてきた。

激しい抜き差しに、凛はどうしようもなく身悶えた。

ヒューの手が密着した腹の間に差しこまれ、そそり立っている凛の性器を包みこむ。

「ん、くぅっ！　うぅ……」

肉棒を秘孔で受け止めるだけでも気持ちいいのに、そんなことをされたら我慢できない。凛はたまらず、目の前にあるヒューの肩に噛みついた。

一瞬だけ動きが止まったものの、ヒューはさらに激しく突き上げてくる。先端が届いているのは、凛自身でさえ触れたことのない場所だ。

「う、ううっ、んーっ！」

凛は肩に歯を食いこませたまま、ついに絶頂を迎えた。

ヒューの手に精液を放ち、きゅうっと肉筒を締め上げる。呑みこんでいる男の硬さを実感した瞬間、身体の奥深くに熱いものが迸《ほとばし》った。

ヒューが凛のなかに射精しているのだ。

「あ……あ……、うそ、出てる……」

噛みついていた肩を離し、凛は舌足らずに呟いた。自分でもなにを言っているのか、はっきり理解はしていない。

腰を掴まれて注ぎこまれているので、逃げることはできなかった。

しんと静まった部屋で、二人の荒い呼吸がやけに大きく響いている。

放出が終わっても、ヒューは凛から出ていこうとせず、ぐったりしている凛の汗で湿った髪を撫で、頬や顎に無数のキスを落とした。普段の言動からは信じられないほど、優しい行為だった。

いやがらずに受け止めていると、ヒューの腰がゆるりと動きだし、凛はうろたえた。

「んん……な、に……？」

「きみを完璧に満足させないと」

「もう、充分です！　や……、あぁっ」

敏感になった肉襞が蠢いて、絡みついてしまう。

「きみのここは悦んでいる。さっきより楽しめるはずだ」

「楽しみたくなんか……！」

凛はかっとなって、ヒューを両手で突き飛ばしたが、逞しい身体はびくともしなかった。

抵抗したことを懲らしめるように、ヒューは肉棒を奥まで突き入れ、円を描くようにねっとりと捏ねまわす。濡れた交合部が、いやらしい音を出した。

大きさと硬さが射精前とそれほど変わっておらず、絶頂で蕩《とろ》けた凜の柔肉を内側から強く押して刺激してくる。

「く、ん……っ、う……はぁっ」

凜の口から、押しだされるように喘ぎ声が漏れた。

気持ちとは裏腹に、肉体は与えられる快楽を享受《きょうじゅ》し、また頂点を極めたいと訴えてくる。まわす動きもいいけれど、出したり入れたりしてほしい。先端の括れた部分でいいところを擦り上げてくれたときの、あの快感をもう一度味わいたい。

男を知ったばかりなのに、卑猥《ひわい》なことを考え求めてしまう自分が恥ずかしかった。淫《みだ》らな熱に呑まれていながら、羞恥心がなくならないのがせつない。

しかし、悲しくなっても、涙はもう出なかった。

ヒューから与えられる快感に、身体が夢中になって食らいついている。意識が塗《ぬ》り替えられていく。

動きが激しくなるにつれ、自分を穿《うが》つもののことしか考えられなくなり、凜は愉悦の海で溺れてしまわないよう、ヒューにしがみついた。

5

暗い部屋で目覚めたとき、凛は一人だった。

ぼんやりと天蓋を見つめ、己の身になにが起こったかを思いだす。最後に抱かれたとき、凛は激しい絶頂に意識を保っていられず、気を失って、そのまま寝入ってしまったらしい。深い眠りではなかったので、頭は重かったが、記憶は鮮明だった。

結局ヒューは、凛を三度も抱いたのだ。凛の身体が求めているからだと彼は言い、満足するまでつき合うのは男の義務だと正統化した。

「……っ、……」

なにが義務だとぼやこうとした凛の喉からは、掠れた吐息しか漏れなかった。

ヒューに抱かれ、声が出なくなるほど喘いで狂った現実がここにある。薬で昂った身体は彼のおかげで鎮まったけれど、礼を言う心境にはほど遠かった。

楽しめと、彼に言われるたびに、凛の気持ちが傷ついた。

楽しみたくなんてなかったし、楽しかったわけでもない。未知の快楽の坩堝《るつぼ》で一人泳がされ、ヒューは溺れないようにつき添ってくれただけだ。

理性を失わない、冷静な引率者《いんそつしゃ》の立場で。

そうして、彼は義務を終えると出ていってしまった。

最初から放っておいてくれたほうが、ましだった。だって凛は初めてだったのだ。

惨《みじ》めな初体験に、鼻の奥がツンとなって涙が滲みだしてくる。泣くと余計に自分が惨めに思えてくるから、凛は唇を噛んで涙を堪えた。

こんなところに来るべきではなかった。

「日本に、帰ろう……」

猛烈な後悔に襲われて、凛は呟いた。

親しくなれたと思っていたアリシアには誤解され、レイフは凛に薬を使って思いどおりにしようとした。ヒューはレイフの言葉を鵜呑《うの》みにして、凛を信じようとはしなかった。

あんまりだ。サウスウッド・ハウスは素晴らしい館だと思っていたが、今は魑魅《ちみ》魍魎《もうりょう》の棲《す》み処《か》に思える。住人の誰もが、なにを考えているのかわからない。

彼らにとって、凛は無知で愚かな日本人かもしれないが、このような仕打ちを受けるほどの罪がどこにあったと言うのだろう。

理不尽な扱いを受けた怒りと屈辱《くつじょく》をばねにし、凛は重い身体を起こして枕元の電気を点けた。

全裸だったが、汚れていた身体は綺麗になっていた。凛が気絶している間に、ヒューが処理してくれたのかもしれない。

ありがたいというより、意識のない身体を好きに弄られたことが不愉快だった。まったく気づかなかった自分にも腹が立つ。

スーツケースから服を出そうとベッドから下りたものの、凛はその場でへたりこんだ。脚が震えてまともに立てなかった。

「くそっ……なんで、こんな……！」

剥きだしの腿《もも》に拳を打ちつけ、凛は嗚咽を漏らした。

だが、めそめそ泣いて蹲《うずくま》っていてもどうにもならない。朝になれば、執事かヒューがやってくるだろう。

相続放棄など、くそ食らえだ。みんな勝手にすればいい。

凛は手の甲で涙を拭《ぬぐ》うと、スーツケースの場所まで這って進み、長袖のTシャツと柔らかい綿のズボンを穿《は》き、エレガントな革靴ではなくカジュアルなシューズに足を突っこんだ。

スーツに合わせて買った、安くはないワイシャツだって、住人によって無残に破かれてしまうのだ。正装して礼儀を守る必要など、どこにもない。

荷物をまとめた凛は、パスポートや財布を入れたバッグをしっかりと肩からかけ、スーツケースを引いて部屋を出た。館のなかは静まり返っていて、ほんの少しの物音でも大きく響く。

長い廊下の果てにある階段を思いだし、凛はスーツケースを持っていくことを早々に諦めた。誰かに気づかれれば部屋に連れ戻されてしまうから、慎重に行動しなければならない。

荷物は帰国後に、送り返してくれと手紙を書けば、そのように手配してくれるだろう。凛はとにかく、一秒でも早くこの館から逃げだしたかった。

階段を下り、玄関ホールを抜け、扉を開けて外に出る。扉の鍵はかかっていたが、古い館にそぐわないからなのか、最新の防犯システムはついておらず、凛でも開錠できた。

久しぶりに感じる外の空気は冷たく、凛は身を竦ませた。ジャケットを羽織ってくればよかったと後悔したものの、今さら取りには戻れない。

誰にも知られずに敷地の外へたどり着くのが先決だ。月に照らされた庭は、思ったよりも明るくて、凛は力強く一歩を踏みだした。

ひっそりと、だが勇ましく正面玄関を出てから、彷徨《さまよ》うこと二時間。

「ここ、どこだよ……」

凛はたまらず、弱音を吐いた。サウスウッド・ハウスの庭が広いのは知っていたが、これほどとは思わなかった。

敷地の入り口から館までの正確な道順も知らないのに、逃げる姿を館の窓から目撃されるのを恐れて、窓に映らない方向を選んだのがまずかったのかもしれない。

それでも、歩きつづけていれば、なにかにたどり着くだろうと頑張ったのに。

凜の目の前に出現しているのは深い森で、どう考えてもゴールに近いとは思えなかった。

敷地内だから暴漢に襲われることはないだろうが、なんとも不気味である。

逃亡を断念し、館まで戻ろうにも、明るかった月の光は分厚い雲に遮られ、どの方向から来たのかさえもわからなくなっていた。

「……もう、だめかも」

初めてのセックスで疲れていた身体はすでに限界で、凜は途方《とほう》に暮れて近くの木にもたれて座りこんだ。

少し休んだら、再び歩きだすべきだとわかっていたが、尻に根っこが生えたみたいに動かない。

膝を抱えて蹲り、自分がいないことに最初に気づくのは誰だろうと考える。ヒューか執事か、部屋の掃除をしてくれるメイドか。

誰にしても気づくのは朝だろうから、少なくとも今夜はここで過ごすことになる。

方角も確かめずに飛びだした己の浅慮《せんりょ》を後悔しても、もう遅い。腹が減り、喉の渇きが酷くなると、惨めな気分に拍車《はくしゃ》がかかった。

イギリスの九月は日本の秋と同じで、シャツ一枚では寒くてたまらない。ぶるりと震えたとき、グアーという鳴き声がして頭上の枝葉がざわめき、凛は声もなく飛び上がった。

「……！」

森なのだから、野鳥がいてもおかしくない。

だが、ほかの動物はどうだろう。凛はようやく、ここが必ずしも安全な地ではないことに思い至った。

マーカス家が管理している森だし、熊や狼はいないと思うが、蛇は確実にいそうな気がした。仮に蛇がいても、この暗さでは落ちた木の枝との区別もつかない。

凛は木から這いずって離れ、あたりを見まわした。木の上で休んでいた蛇が伝い下りてきたら、とか、枝から突然落ちてきたら、などと考えると、恐ろしくて木の近くにはいられなかった。

歩きだす元気がない以上、明るくなるまで、ここで心細さと寒さに震えながら、じっとしているしかないのだろうか。

恐怖と不安で緊張が高まってきたとき、ドッドッという地響きを伴う重い音が聞こえてきて、凛はその場で固まった。

逃げることもできず、音が聞こえる方向に目を向ける。

邪魔な雲がちょうど動いて、柔らかい月明かりが一帯を照らした。

凛に向かって真っ直ぐに駈《か》けてくるのは、夜目にも鮮やかな真っ白な馬だった。手綱《たづな》を捌いているのは、ヒューである。

あっという間に追いつき、馬から飛び降りたヒューは、慌てたように凛のそばに駆け寄って跪《ひざまず》いた。

「どうした。どこか、怪我《けが》をしたのか?」

凛はぼんやりと首を横に振った。

ヒューは凛の返事が信じられなかったのか、勝手に腕や脚を触って本当に怪我がないかどうか調べている。

手つきが優しかったので、凛は抵抗しなかった。まさか彼がこんなふうに追いかけてくるとは思わなかったのと、押しつぶされそうな恐怖と不安が、彼の姿を見た途端に吹き飛んだことに驚いていた。

そして、逃げたことを咎《とが》められるとばかり思っていたヒューの第一声が、凛を気遣う言葉だったことにも。

どこにも傷がないことを確認したヒューは、小さくため息をついてから、自嘲気味に言った。

「こんなところでなにをしてるんだ。ベッドにいれば、また私に襲われると思ったのか?」

凜は昼間の狂乱を思いだした。ほっとしている場合ではないのだ。

捕まってしまったからには、文句や苦情を並べ立て、彼らの理不尽なふるまいを非難し、謝罪を求めなければならない。

けれども、凜の口から出たのは、

「……日本に帰りたい」

という短い希望だけだった。

しゃがれた声は凜の惨めさを煽ってくれたが、ヒューにも衝撃をもたらしたらしい。避ける間もなく、大きな手が額に当てられた。

長時間、薄着で夜風に吹かれていたせいか、ヒューの手がやけに温かく感じられる。

「熱がないのはよかったが、冷えきっているな」

ヒューは着ていた革のジャケットを脱ぐと、震えている凜の身体をすっぽりと包みこんだ。

それは額に触れた手と同様に温かくて、凜は戸惑った。優しくされたことがないから、どう反応すればいいのかわからない。

優しさの裏になにかがありそうで、疑り深い目で見てしまう。ジャケットは返すべきかもしれない。

凜の警戒心に気づいたヒューは苦笑した。

「いいから着ていなさい。寒いし、身体もつらいだろう？　様子を見に行ったらベッドが空で、どこへ行ったのかと探しまわった。見つけるのに時間がかかったのは、出口がここから館を挟んで逆の方向だからだ。この森は歩いては抜けられない」

つまり、凛は逃げているつもりで、奥へ奥へと迷いこんでいたらしい。二時間の苦労が水の泡となり、どっと疲れが押し寄せた。

黙ってうなだれる凛の肩や背中を、ヒューがゆったりと撫で擦る。

「立てるか？　こうしていては風邪《かぜ》をひく。うちへ帰ろう」

うちへ帰る。その言い方に、凛は過剰に反応した。

「いやです。俺のうちはあそこじゃない！　あんなところに戻りたくない」

睨みつける凛の視線を、ヒューは避けずに受け止めた。

「……レイフならロンドンに帰った。あそこには私と使用人しかいない。きみに危害を加えることはないから、今日はゆっくり休みなさい」

「あなたとだって、一緒にいたくない！　俺を信じてくれなかったくせに。あんなに違うって言ったのに……！　俺が初めてじゃなかったら、今でもきっと疑って怒ってたに決まってる。無理やりあんなことをして、俺にとってはあなたもレイフも変わらない！」

「無理やりというが、途中で放りだしていたら、きみはもっと苦しくつらい状況に陥っていたはずだ。ああするしかなかったことを、わかってほしい。きみも楽しめただろう？

薬のせいもあるのだろうが、初めてであれだけ絶頂を味わえるのは稀なことだ」

「……っ」

凛は思わず絶句した。謝罪するどころか、苦しいところを助けてやったんだから感謝しろと言わんばかりだ。盗人猛々《ぬすっとたけだけ》しいにもほどがある。

しかし、つづいた言葉に、怒りは急速に萎《しぼ》んでいった。

「レイフに抱かれていたほうがよかったのか？　今も、私が探しに来ないほうがよかったと、そう思うのか？」

凛には答えられなかった。答えたくなかった。

レイフに襲われ、もう駄目だと諦めかかったとき、ヒューが飛びこんできて助かったと思った。

自分を抱いたときのヒューが、優しくて忍耐強かったことも、なんとなくわかっている。あんな経験をして、セックスなんてもう二度としたくないと思っても不思議ではないのに、それほど嫌悪を感じていない。

それはヒューが凛のことを考えて、とても上手に抱いてくれたからだ。

今だって、馬で駆けてくるヒューの姿を見た途端に、全身の力が抜けるほど安心した。

それより以前に、道さえわかったら帰ろうとしていたのだ、顔も見たくなくて飛びだした、ヒューのいる館へ。

自分の感情がわからない。

ヒューはいつも不機嫌で恐ろしく、自分を信じてくれないことに憤りを感じたし、悲しくもなった。

けれど、助けてほしいときに、そこにいるのも彼だった。

「さぁ、帰るんだ。きみをこんな場所で野宿させるわけにはいかない」

「……放っておけばいいのに、俺のことなんて」

力強い腕に背中から支えられて抱き起こされたのが気恥ずかしくて、そんな憎まれ口を叩く。

「そんなわけにはいかない。きみはまだ、サウスウッド・ハウスを受け継ぐ資格を持っているんだ」

腰を上げかけていた凛は、再び冷たい地面にしゃがみこんだ。ヒューの言葉はいちいち凛をむかつかせ、傷つける。

「資格があったら、どうなんですか。本当は、俺が死んだらいいのにって思ってるんでしょう。そうしたら、あなたたちは二度と日本からの招かれざる来客に怯えずにすむ。探さないと自分が悪者になるから追いかけてきただけで、俺がこの森で彷徨って死んだら、大喜びするつもりだったくせに！」

凛は泣きそうな声で叫んだ。

「馬鹿なことを言うな。きみの死を願ったことなど一度もないし、これからもない」

「願わなくても、俺が勝手に死んだら喜ぶに決まってる！」

「落ち着きなさい。森で一晩迷ったくらいで死にはしない。私が見つけられなくても、うちの犬たちにきみの匂いを嗅がせて追わせれば、すぐに見つかる」

「どうして、今はそうしなかったんですか」

「夜中に犬に吠えられながら、追いかけられたいのか？　こんなところにへたりこんで、ぶるぶる震えていておいて。正門を出た形跡がなかったから、あと一時間探して見つからなければ、犬舎で眠っている犬たちの助けを乞うていたかもしれない。日本とは感覚が違うだろうが、この時期になるとイギリスの夜は冷えるんだ。外で過ごすには向いていない」

「……」

まるで、凜のことを本当に心配して、少しでも怯えさせないために努力していたと言っているようだ。

だが、犬をけしかけなかったことくらいで、丸めこまれたりしない。

恩着せがましいことばかり言って、凜を無理やり抱いたことに対する謝罪もないのだ。楽しめただろうだとか、気持ちよくしてやったと言われても、あれは凜が望んだ行為ではなかった。

原因はレイフだが、ヒューは潤のことで凜を責めたのだから、レイフのことでヒューを責めてもいいはずだ。弟の不始末《ふしまつ》など関係ないとは言わせない。

「さぁ、凜。話はあとでもできる。私と一緒に帰るな？」

凜はきっとヒューを睨んで言った。

「いやです。俺に謝ってください」

「抱いたことをか？　結果的にきみの初めてを奪うことになったが、あれは……」

「四の五の言うな！　謝れったら謝れ！」

ついに凜は爆発した。

「俺はなにも悪くない！　最初から金銭的なものを欲しがったりはしなかったし、あなたが俺を信じてさえくれれば、サインだってしたのに。俺はただ、昔話に興味があっただけなんだ。俺のなかにほんの少し流れてる伯爵家の血筋ってどんなものだろうって、好奇心からここに来て……、それがあなたたちの生活を脅かすものであったのは申し訳ないと思うけど、そんなの俺のせいじゃない！　百年も前の人が勝手に約束したことで振りまわされて、馬鹿みたい！　こんなところ、来るんじゃなかった。俺にあんなことして、なにが高貴な血筋だよ！　由緒ある家の伯爵だかなんだか知らないけど、最低だ！」

思うまま暴言を吐いていた凜の目から、興奮で涙がぼろぼろと零れた。しゃくりあげながらも止まらなくて、子どものように喚《わめ》く。

「又従兄弟が勝手にやったことまで全部俺のせいにして、あなただって、自分の弟がなにをしてるか、わかってないくせに！　自分にできないことを俺に押しつけて、偉そうにするな……！」

もっともっと言いたいことはあるのに、呼吸が覚束なくてしゃべれない。

悔しくて、凛は喉を引き絞るような声をあげて泣いた。涙も拭わず、拳で膝を叩き、すぐそばに跪いているヒューの身体を突き飛ばす。

しかし、ヒューはわずかも揺らがず、暴れる凛に両手を差しだし、胸に閉じこめるように抱き締めてきた。

「はっ、放せっ！」

凛は振り上げた拳で手当たり次第に殴り、拘束から逃れるためにいっそう激しく暴れたが、鍛《きた》えられた胸板に顔を押しつけられると息苦しく、もともと体力の底が見えている状態だったこともあって、ほどなくぐったりと脱力した。

ヒューの片手は凛の腰を強く抱き、もう片方の手はなだめるように背中を撫でている。

もう抵抗する元気はなかったものの、じっとしていると負けた気分になるから、凛はヒューの脇腹や背中を抓《つね》ったり、爪を立てたりして、往生際《おうじょうぎわ》の悪さを示した。

どういう理由があれ、一度は肌を合わせて悦楽を共有した男にとっては、不器用な甘えにしか見えないことを、凛が知るはずもなかった。

凛の指がぐずって動くたびに、ヒューもぴくりと身じろぐ。無反応でないことに少しだけ溜飲《りゅういん》を下げた凛は、ヒューのシャツに顔を擦りつけて涙を拭った。

ヒューは凛のどんな無作法も咎めず、しばらく黙っていたが、やがて小さな声で囁いた。

「私が悪かった」

凛は驚いて、一瞬呼吸を止めた。

謝れとは言ったものの、誇り高い伯爵が本当に謝るとは。

感嘆に値する出来事かもしれないが、すぐに許すわけにはいかなかった。

「心がこもってません。自分のなにが悪いのか、わかってないでしょう」

「わかってるさ」

「嘘だ。ここにいたら自分が寒いから、手っ取り早く俺をなだめて、館に帰ったらその謝罪を取り消すつもりなんだ」

「……まったくきみは」

ごねる凛にため息をついたヒューは、胸元に埋まっている凛の顔を片手で上げさせた。

いい加減にしろと怒られるに決まっているし、寒い夜中に冷たい翠色の瞳など見たくないから、凛は瞼を閉じた。

なぜかヒューが低く呻く声がして、凛の唇を温かく湿ったものが覆った。

「……！」

凛は驚愕に目を見開いたが、突然口づけてきた不可解な男を突き飛ばすことができなかった。

薬の効果は切れている。ヒューにとって凛はキスがしたくなるような相手ではなかったはずだ。状況も最悪で、縋りついて愛を告白していたのならいざ知らず、謝罪を要求し、その謝罪にいちゃもんをつけている最中だというのに。

自分の気持ちもわからなかったが、ヒューの行動もわけがわからない。

混乱して尖らせた凛の唇を、ヒューは深く貪っていた。上唇も下唇も口内も、触れられなかった部分が残っていないくらいに、舐めまわされる。

抱かれているときにもキスはされたが、こんなに深くはなかった。

「ん……んぅ……っ」

舌を強く吸い上げられて、唾液をすすられたあとに優しくあやされ、凛は鼻から抜けるような甘い声を漏らしてしまった。

それに勇気を得たみたいに、ヒューの舌遣いが細やかなものになった。尖らせた舌先で上顎をくすぐられ、身体がぞくりと震えてしまう。

なされるがままに口を開け、舌を差しだしているだけの慣れていない凛を、ヒューはなかなか放そうとしなかった。深く絡み合っているのに丁寧で、まるで慈《いつく》しむような温かいキスに、意地を張っていた凛の頑なな気持ちが解けていく。

好きでもない男にキスなんかされても、嬉しくない。たとえ、それが初めての男でも。

そう思うのに、凛はいつしか夢中になって、ヒューにしがみついていた。

時間をかけた濃密な口づけが終わると、ヒューはぼうっとしている凛を抱き起こして立たせた。

「きみを館まで連れて帰らせてくれ。いいか?」

キスの効果だろうか、珍しく下手に出てきたヒューに、凛はうっかり頷いてしまった。

けれども、いったん離れたヒューが白い馬を連れて戻ってきたのを見て、慌てて首を横に振りなおした。

「馬に乗ったことは……なさそうだな。だが、心配ない。シルヴァーはおとなしい馬だ。自分の足で歩いて帰るより、馬の背に揺られて帰ったほうがいい」

白い馬体は、月しか照らすものがなくてもよく見えた。

「あの、鞍《くら》はどうしたんですか? 足を引っかけるところとか、普通はありますよね」

凛は恐々《こわごわ》、訊いてみた。シルヴァーと呼ばれた馬は、馬勒《ばろく》をつけただけの、裸馬《らば》も同然の状態だった。

「急いで出てきたから、鞍をつける間がなかったんだ。私は三歳から乗馬を始めた。鞍などなくても、乗りこなせる。重量オーバーだが、シルヴァーは我慢してくれるだろう」

「じ、自信がありません。俺、歩いて帰ります」

「きみの自信など、関係ない。きみは落ちないように、私にしがみついていればいい」

「……そんな」

下手に出て、優しいような気がしたヒューは、そんな気がしただけで、やはりいつもどおりの彼だった。

ヒューは凛の意見を無視することに決めたらしく、馬のたてがみを掴み、弾みをつけて、いともたやすくその背に跨った。

立ち竦む凛のそばまで馬を歩み寄らせ、身体を捻ると、凛の両脇の下に両手を差し入れ、ぐいっと引き上げる。

「わっ、わっ！」

情けない悲鳴をあげて、気づいたときには、凛は馬の背にちょこんと横座りをして乗っていた。

思った以上に地面が遠く、不安定な乗り心地に身体が強張り、後方に座っているヒューのシャツを掴んでバランスを取る。

「すぐに慣れる」

簡単に言われてむっとしたが、ヒューは左手で手綱を掴み、右手で凛の腰をしっかりと抱いてくれていた。

凛は意地を張らずに、ヒューの身体に腕をまわしてしがみついた。

帰り道では、二人は一言もしゃべらなかった。

最初はビクついていた馬の背も、ヒューの言ったようにすぐに慣れて、その優しい振動と逞しい胸の温もりに包まれていると、眠気さえ感じるほどだった。

何度か欠伸《あくび》を噛み殺し、凛はいろんなことを考えた。

鞍をつける時間も惜しむほど慌てて、いなくなった凛を探しに来てくれたヒューに、あなたなんか最低だと言ってしまった。犬を使えば早いのに、わざわざ彼自身が来たのは、凛のことを気遣ってくれたからだ。

怪我をしてないかどうか、あんなに熱心に見てくれて。ジャケットを貸してくれた彼は寒いに違いないのに、小言《こごと》を言わない。

そして、彼は初めて凛に謝った。あれは本当に驚いた。

凛がそうしろと言ったからだが、意に染まないことは死んでもしない性格だろうから、彼のなかには多少なりとも凛に悪いと思う心があるのだ。

そうだとすると、彼はそんなに最低ではないのかもしれない。家と財産と家族を守るために、侵略者である凛と戦っているだけで、凛から見たら不機嫌で無愛想でいけ図々しい男だが、そうでなければならないほど、守らねばならないものが大きいということだ。

サウスウッド・ハウスを所有するマーカス家の当主、九代目ウィンベリー伯爵の義務とは、凛などには想像もつかないくらい重いのだろう。

ヒューがこんなにも必死になって守ろうとしているもの。アリシアはともかく、レイフのことを考えて、凛は顔をしかめた。

彼はヒューからすべてを奪いたいと言っていた。あの目は本気だったし、本気でなければ、血のつながりがないことをわざわざ凛に教える必要はない。

義弟から憎まれていることを、ヒューは知っているのだろうか。凛がそれを告げて、信じてくれるだろうか。

——無理だろうなぁ……。

凛は心のなかでぼやいた。

たとえ怪しんで問い質したとしても、レイフが本当のことを言うはずもないし、凛の妄想だとか、策略の一部だとか言われるに決まっている。

ヒューは生まれながらにすべてを持っていて、自分はそうではないというレイフの僻《ひが》みは、わからないでもなかった。

高貴な血筋、伝統を守る金の髪と深いエメラルドの瞳、ハンサムすぎる顔、鍛えられて均整のとれた見事な体躯《たいく》。無愛想だが自信に満ちて、ヒューは男が持ちたいと願うすべてのものを備えている。

彼の恋人や妻になりたい美しい女性は、数えきれないほどいるに違いない。そう思ったとき、凛ははたと気がついた。

ヒューにはすでに、恋人がいるかもしれないことを。

愛する人がいながら凛を抱いたのなら、不誠実だと思う。凛が彼の恋人の立場なら、問答無用で怒る。理由があったとしても、男の義務とかなんとか言って、三回も抱くなんて絶対に許せない。

一度気になると黙っていることができなくなり、凛はヒューにしがみついたまま、ぼそりと呟いた。

「あの、伯爵。伯爵には……」

「ヒューでいいと、何度言えばわかる」

セックスの最中でなくても、名前で呼んでいいらしい。出端《でばな》をくじかれつつ、凛は言いなおした。

「恋人はいらっしゃるんですか、ヒュー？」

「なぜそんなことを？」

「……気になったからです」

俯いていた凛の額に、温かいものが触れた。ちゅっと軽い音を立てて離れていったのはヒューの唇で、凛は驚いてヒューを見上げた。

額にキスをされるような質問をした覚えはない。単純な文章で、勘違いできるような部分もなかったはずだ。

きょとんとしていた凛に、ヒューは短い否定の言葉を返した。

「いない」

意味はきちんと伝わっていたらしい。知らないうちに強張っていた身体から、すっと力が抜けた。

自分がヒューのなにかになりたいなんて、思っていない。凛は男だし、ヒューを愛しているわけでもない。

だから、ヒューが恋人を裏切るような男でなくてよかったと安堵しただけだろう。

凛は上げていた顔を、夜風を遮る懐の温《ぬく》い位置に戻そうとしたが、ヒューに前方を見るように促され、首を捻った。

そこには、ところどころに灯りのついたサウスウッド・ハウスが、優雅に佇《たたず》んでいた。いつの間にか、こんなに近くまで戻っていたらしい。

「夜に見ても綺麗だ……」

魑魅魍魎の棲み処だと思っていたことも忘れて、そんな呟きが漏れた。

来てすぐに軟禁されたので、昼間にさえじっくりと見たことはなかった。ガイドブックに載っていた外観との印象の違いを、凛は馬上で楽しんだ。

トットットッと歩く馬の軽い足音だけが、夜の静寂に響いている。

館の正面玄関に着くと、執事のジョーンズが飛びだしてきた。いつもの黒いスーツを着ているのを見て、執事は二十四時間労働なんだな、と関係ないことを思う。

「お帰りなさいませ、旦那さま」

ジョーンズが馬の頭絡《とうらく》を掴むと、ヒューはさっと馬から降りた。そして、支えがなくなってうろたえる凛の腰を両手で掴んで、大事に抱き下ろしてくれる。

「ジョーンズ。すまないが、シルヴァーを馬房に戻して水をやってくれ。エドリックを起こすのも忍びない」

「かしこまりました」

馬を引いて歩くジョーンズの背中を見送りながら、凛は訊いた。

「エドリックって誰ですか?」

「厩務員《きゅうむいん》だ。ここでは六頭の馬を飼っていて、エドリックともう一人が、厩舎のそばの宿舎に住みこんで世話をしてくれている」

ジョーンズと四人のメイド、リムジンの運転手がサウスウッド・ハウスに住みこんでいて、家族が過ごす週末には、ロンドンから料理人を呼び寄せていると、ヒューは珍しく館の説明をしてくれた。

清掃スタッフや庭の整備はまた別口で、夏季の一般公開期間になると、ガイドや警備員も入れているそうだ。

「もっと、たくさんの人が住みこみで働いてるんだと思ってました」

「私たちは週末にしか来ないからな。それも毎週来られるとはかぎらない。母と妹が来るときは、ロンドンの邸宅からメイドを一緒に連れてきて、それでどうにか間に合っている」

メイドがいなければ間に合わない生活など、凛には想像もできなかったけれど、あんなに冷たかったヒューと普通に会話ができたことが嬉しかった。

ヒューについて階段を上がり、廊下の端の自分にあてがわれた部屋に行こうとした凛を、ヒューが途中で引き止めた。

「今夜からきみの部屋はここだ。離れていては、人の出入りがわからないからな」

ヒューが扉を開けて入ったのは、クリーム色が基調になった広い部屋だった。二晩を過ごした端っこの青い部屋よりも豪華で、居心地がよさそうだ。

ベッドの脇には、凛のスーツケースがすでに移動させてあった。

「バスルームはそこのドア、こちらのドアは私の部屋につづいている。明日は起きたときに食事を用意させるから、時間を気にせずにゆっくり休みなさい」

ヒューの言葉はありがたかったが、凛は困って言った。

「でも、俺、明日には帰国する予定なんです。昼前にはここを出て空港に行かないと」

そうは言ったものの、このまま帰国するのは自分でもいやだった。サインもしていないし、レイフのことも気にかかる。

そして、ようやくほんの少し、優しさや思いやりを見せてくれたヒューと、二度と会えなくなるのは寂しかった。

さっきまであんなにヒューのことを怒っていたのに、今は馬の上でずっと抱いてくれていた温もりしか思いだせない。彼のことを、もっと知りたいと思っている。

離れがたいと感じているのが自分だけだったら、どうしよう。

ヒューが羽織らせてくれたジャケットの胸元をきゅっと掴んで俯いていると、大きな手が凛の髪を撫でてきた。

「……私たちには解決すべき問題がある。明日、弁護士のマクラウドに連絡を取る予定だ。少し、書類の項目を変更したくなってな。帰国の日を延ばすことはできないのか」

凛は大きな目をさらに大きく見開いて、ヒューを見つめた。

期待した以上の返事だった。どんな変更かわからないが、書類はあれ以上最悪にはなりようがないのだから、少しは改善されるのかもしれない。

「あ、明日！　事務所に電話して聞いてみます」

ヒューの気が変わらないうちに、凛は言った。

凛が休暇を取っている間もオフィスは開けていて、アシスタントの女性がうまくやってくれているはずだった。あまり長く不在にはしたくないが、今はそれほど忙しい時期ではない。

「必要なものがあったら、言いなさい。できるだけ用意しよう。航空チケットの変更もこちらでするから、心配は無用だ」

「ありがとうございます。えっと、それから、レイフのことなんですけど……」

迷ったものの、結局凛は黙っていられなかった。信じるかどうかは置いておいて、ひとつの情報として、ヒューには言っておかねばならないと思う。

「なんだ」

「彼が昼間やってきたのは、俺にいかがわしい薬を盛るだけが目的じゃなかったんです。俺がまだ相続放棄のサインをしていないと知って、自分と組んでサウスウッド・ハウスと財産をあなたから奪ってやろうと誘われました。あなたと彼に、血のつながりがないことも聞きました。彼は、自分が貴族でないことに不満を抱いているようです。ご存知……でしたか？」

ヒューはなにも言わなかった。無言で踵《きびす》を返して、自分の部屋へとつづくドアへ向かう。

多少、がっかりしたものの、昨日までなら、馬鹿なことを言うなと怒鳴られていただろう。睨まれもしなかったことを思えば、上出来な気さえしてきた。

「あの、ヒュー」

「まだなにかあるのか」

頑固な背中が振り返った。

「いいえ。探しに来てくださって、ありがとうございました」

無愛想な顔に礼を言うと、ヒューはかすかに微笑んだ。

唇の端を引き上げただけで、よく見ていないとわからないような笑みだったが、たしかに微笑んでいる。

初めて目にする顔に見惚れながら、笑うこともできたんだ、と馬鹿なことを考えた。

レイフの悪口を言ったのに、怒っていないことも嬉しくて、凛も微笑み返した。

「なに、月夜の散歩も悪くなかった。怒って強情を張り、泣きじゃくって甘えるきみは手に負えない猫のようだったが、キスをしたらおとなしくなることもわかったしな。きみを手懐けられるのは、私だけでありたいものだ」

「……え？」

どういう意味かと首を傾げた凛に、ヒューは再び歩み寄り、背を屈めて触れるだけのキスをした。

「おやすみ、凛」

柔らかい唇の感触と、低く甘く響いた声が耳に残り、ヒューが部屋を出ていっても、凛はしばらくその場に立ち尽くしていた。

6

翌日、凛が目覚めたのは夕方だった。

ヒューはいないらしく、中途半端な時間にもかかわらず、空腹を訴えた凛をジョーンズがなにくれとなく面倒をみてくれた。昨日までより、態度が柔らかくなっている。

初めて客扱いされたようで、凛は嬉しくなったのだが、ヒューによって館の見学は不可、部屋から出るのも禁止されていると知った途端に、よかった気分も台無しとなった。

しかし、ここでジョーンズに食い下がってもどうにもならないことは、学習済みである。まだ俺を疑っているのかと、帰ってきたら文句を言うつもりで待っていたのに、その日は結局ヒューは帰ってこなくて、凛は夜の一時に日本に電話をかけた。

日本時間は朝の九時、凛が立ち上げた「ウィンベル」でアシスタントをしている北野《きたの》優子《ゆうこ》が、事務所の机に座った頃合である。

『こっちは大丈夫ですよ、凛さん。急ぎの用事があったら電話しますし、この二年、ほとんど休まずに頑張ってきたんですから、こんなときくらいゆっくりしてください』

独立したときからオフィスで手伝ってくれている優子は、用事が片づかなくて帰国が延びそうだと説明した凛に、明るく言ってくれた。

凛より十歳も年上で、離婚歴があり、人生の酸《す》いも甘いも噛みわけた女性は、頼もしい。

凛はほっとして礼を言った。

「ありがとう。帰る日が決まったら、また連絡します。おみやげ買って帰るから、もうしばらくお願いしますね」

『任せてください。おみやげ、楽しみにしてます！』

彼女のおめがねに適うみやげを選ぶ、時間的、精神的余裕があることを祈りながら、凛は電話を切った。

ベッドにごろりと横になり、今後の対策を考える。

少し歩み寄れたと思ったヒューとの関係は、もう一度見なおす必要があるだろう。自分の身の潔白を証明することも大事だが、レイフのことはもっと気になっていた。

あとはそちらの問題だと言って、知らん顔でサインをして帰るのは、簡単だ。

そうした結果、ヒューがレイフに陥れられて、館も財産も奪われることになったら、凛の心には後悔が残るだろう。

あのとき、諦めずにヒューが気づいてくれるまで、注意を促しておくべきだったと。

家族思いのヒューは、今のままではレイフを疑うことすらしないかもしれない。レイフの企みを暴くには、なにか証拠を掴むのが手っ取り早いが、この部屋に閉じこめられている状態ではなにもできそうにない。

「ひとまず、状況の改善を訴えてみよう」

困難な壁に立ち向かう方法をあれこれ考えているうちに、凛は眠ってしまっていた。


ヒューがサウスウッド・ハウスに戻ってきたのは、翌日の夜になってからだった。

目の前にぽんと置かれた、財産相続について訂正が加えられた書類は、凛にとっては破格の申し出と言っても過言ではなかった。

一番大きな変化は、サウスウッド・ハウスの相続を放棄する代わりに、当主が認めるだけ滞在を許す、というのと、マーカス家の財産の一部を相続できるようになったことだ。日本円にして軽く億を越える額に、目が点になる。

これにサインさえすれば、マーカス一族と血のつながりがあると、誰かに自慢してもいいらしい。おまけに、『鳥』の預り証まで追加されている。

ようやくヒューが自分を信じ、認めてくれたのだと思うと、凛は嬉しかった。

今でも、部屋に軟禁されていることについては納得できないが、確実に前進している。

しかし、これにサインをすれば、ここに留まっている理由がなくなってしまう。用なしだと言われ、冷たくお払い箱にされたら、ちょっと立ちなおれないくらいのショックを受けそうだ。

レイフの尻尾を掴み、ヒューが本気で用心してくれるまで、もう少し粘ったほうがいいかもしれない。

その時間を、凛は書類を訂正させることで得ようと考えた。

「ありがたいですけど、財産はもらいすぎだと思うんです。もともと一銭ももらうつもりはなかったですし、この項目を消すか、金額を訂正してもらえたらサインをします」

「それはきみへの慰謝料《いしゃりょう》も含まれているから、受け取ってもらわなければ困る」

「……慰謝料?」

「夜の森を散歩するはめになっただろう」

なんの感慨《かんがい》もなく事実を口にしただけのヒューの整った顔を、凛は黙って見つめた。

これが凛を抱いたことに対する慰謝料というならば、つまり、ヒューはあの日のことを、金で解決しようとしているのだ。

「なおさら、いりません」

「なぜだ」

凛はヒューを睨みつけた。会って以来、一番激しく、怒りをこめて。

「慰謝料というからには、あなたには罪の意識があるんでしょう。金さえ払えば、解決できないことなどないと信じているその神経が信じられません。金をもらっても俺の記憶は消えないんだから、あなただってそれを一生抱えて生きていけばいい」

ヒューは驚いたような顔をした。

まったく予想外のことを言われたみたいな様子に、さらに腹が立つ。

「罪の意識を消したいから金を払うわけではないんだが。きみを抱いたことを、私が一生覚えていてもいいのか？」

「あなたは忘れたいでしょうけどね！」

「いやなことを忘れたいのは、きみのほうだろう？」

ばんとテーブルを叩いて、凛は立ち上がった。

「俺を抱くのがそんなにいやだったのなら、放っておけばよかったんだ！　レイフを追い払ってくれたのは助かったけど、あなたになんとかしてくれなんて、俺は一度も言わなかった！」

「違う、そうではない。きみはいやじゃなかったのか？」

「いやだったに決まってます！」

「いやなことを、無理にさせられたんだ。慰謝料でももらわないと、余計にやりきれないだろう」

「だから、お金で解決されたくないと言ってるんです」

「では、どうしてほしい？　きみの望むことをしよう」

「どうって……」

渾身《こんしん》の力で押していた鉄壁が、いきなりスポンジに変わったようだ。怒りをうまく流せなくて、凛は戸惑った。

ヒューになにかをしてほしいと考えたことはなかった。自分という人間を信じてほしいと思いはしたが、この場面で言うことではない気がする。

立ち尽くしたまま口ごもっていると、向かいのソファからヒューがやってきた。咄嗟に逃げかかるのを、ヒューに腕を掴まれて止められる。

「座りなさい。きみは私にどうしてほしいと考えてるんだ？」

強引に並んで座らされた凛は、自分の脚に触れているヒューの長い脚を睨んだ。見上げれば、睫毛の本数まで数えられるほど近くに顔があることはわかっていたから、下しか見られなかった。

「凛」

耳元で名前を呼ばれて、凛は背筋を震わせた。

彼の声は、こんなに甘く響かなかったはずだ。

「お、俺の意見なんて、訊いたこともないくせに」

「だから今、訊いている。誤解しているようだが、私はきみを忘れるつもりはない。忘れられないさ、あんな体験はなかなかできない」

怒りと恥ずかしさで、かっと顔が赤くなる。

凛自身でもあまり覚えていない痴態《ちたい》のことは忘れてほしいが、罪悪感だけは持ちつづけてほしい。それは身勝手な注文だろうか。

「きみを抱くのがいやだなんて私は一言も言ってないが、なぜそう思う？」

「だって、初めはすごく怒ってたし、俺には楽しめって言ったのに、あなたは自分のことはどうでもいいって言ったんですよ。それって、したくないのに、男の義務とかでつき合ったってことじゃないですか。そんなことされても、俺……」

「なるほど、裏目に出たのか。そう言ったほうが、きみが楽になると思ったんだ。きみは薬で普通じゃなかった。乱れるきみを見て欲情し、獣のように襲いかかって貪る男より、冷静に機械のように対処してくれる男に抱かれるほうが、少しはましだろう。うまくやれたとは言いがたいと反省していたんだが、成功していたようだな」

苦笑交じりのヒューの言葉は、不可解だった。

なんだか妙に恥ずかしい気がして、噛み締めて深く理解する前に、凛は早口で言った。

「俺が一人でおかしくなってるのを、冷静に高みから見物されるなんていやです」

義務だからやっただけで、相手が凛でなくてもいいような、凛の気持ちなんてどうでもいいみたいに扱われるのはいやだ。

凛だからそうしてほしかったし、彼にとって魅力的、とまではいかなくても、そこそこは満足していてほしかった。

——あれ？　でもそれって、おかしくないか？

ヒューに対する不満を頭のなかに巡らせていた凜は、ふと違和感に気がついた。自分を疑いつづけるヒューに認められたいとは、ずっと思っていたが、性的な意味で認めてもらうのは、なにかが違う。

自分がなにを主張したいのかわからなくなってきて、凜は苦し紛れにヒューに訊いた。

「あなた……あなたこそ、どういうつもりなんです。俺をどうしたいんですか」

ヒューは小さく笑ったようだった。

「私の意見を訊いてもらえるとは、ありがたい。実際、こんなに拗《す》ねられるとは思っていなかった。きみは私が考えていたより、ずっと幼いらしいな」

「ばっ、馬鹿にしないでください！」

くっついて座っているのが苦痛で、じりじりと横に逃げようとするのだが、ヒューはそれを許さなかった。

肩を抱かれ、強く引き寄せられて、凜はヒューの胸元に寄りかかった。

「馬鹿になどしていない。私はきみだから抱いた。……抱きたかった」

「……ぐっ！」

咄嗟に見上げようとした凜の頭を、ヒューは容赦《ようしゃ》なく押さえつけた。

「私は当主としての自分の義務と責任を知ったときから、日本人をよく思ったことがない。

私にかぎらず、歴代の当主はみなそうだっただろう。きみの又従兄弟が来てからは憎しみさえ抱くようになった。不吉な黒い髪も陰気で細い目も、なにもかもが不愉快だった」

「失礼すぎます。そのうち黒髪の人たちに絞め殺されますよ。それに、俺の目はそんなに細くありません」

「そうだ、この真っ黒の大きな目は誤算だった。きみの不愉快な面を探して憎もうとしていたはずなのに……あのとき、気がついたら、きみに触れていた。もう、止められなかったんだ。きみにとって記念すべき初めての夜が、あんな形になってしまったことは気の毒だったと思っている。きみの心に傷を残さない方法を、私は選ばなければならなかった。私のことなど考える必要はないというのは、そういう意味だ」

　凛はぱちりと目を開けて、今度こそヒューの言葉の意味を理解した。すべては凛のためを思ってのことだったのだ。

　自分を包んでいたもやもやの一部が晴れていく。

　ヒューがどんな顔をしてそんなことを言っているのか見てみたくなり、元気を取り戻した腕で硬い胸を押し返した。

「ちょっと、離してください」

「私に触れられるのはいやか？」

「……は？」

「夜中に森へ逃げだすほど、怖い思いをしたんだろう？　身勝手なのはわかっているが、セックスをいやなものだと思ってほしくないんだ。私の抱き方が気に入らなかったのなら、気に入るまで、いいものだと思えるようになるまで、きみに教えてやりたい」

「あ、あの、なにを言って……」

「きみを抱きたいと言ってるんだ。このまま日本に帰したくない」

直裁《ちょくさい》に言われて、凛は真っ赤になり、次にうろたえた。

一難去ってまた一難。ヒューがこんなことを言いだすなんて、想像もしなかった。また抱きたいと思うほど、凛がよかったのだろうか。

正面から膝の上に抱き上げられ、背中や腰を撫でまわされる感触に意識を奪われそうになりながら、凛は必死に考えた。

凛がよかったにしろ、教えるという義務感に駆られているにしろ、ヒューの望みは肉体的なものに限定されている。抱きたいというのは、愛の告白ではないのだ。

凛は頭を振ったり、ヒューのシャツをめちゃくちゃに引っ張ったりして、やっと胸と腕の堅固な囲いから抜けだした。

ぷはっと大きく息を吸い、ヒューを見つめる。

相変わらず、表情の読めない顔がそこにあった。性的な会話をしていた名残さえも感じられず、からかわれたのかと思ってしまう。

「あいにくですが、俺はあなたの遊び相手の一人にはなりません。ああいう行為は、恋人同士がするものです」

「なるほど。では、恋人になろう」

さらっと吐きだされた言葉に、凛は唖然とした。

普通恋人になるには、好きだとか愛してるだとか言うものだろう。それが、甘い言葉のひとつもなく、売り言葉に買い言葉のような勢いで提案されるなんて。

愛という深い感情は、もちろん凛自身にもなかったけれど、こんなのは間違っている。

「ふざけたことを言わないでください！　寝たいがために、恋人になるなんておかしいです。そういうのは恋人とは言いません」

厳《おごそ》かに諭す凛に、ヒューは仄かな笑みで答えた。

「きみの恋人の定義は厳しそうだな。肝《きも》に銘《めい》じておこう」

普段はまったく笑わないくせに、こんなときだけ優しげに目尻を下げるのはずるい。

真っ直ぐに見つめてくるヒューの瞳から、凛は目を逸らせなかった。

「特別厳しくしてるつもりはありません」

「厳しすぎて、今まで恋人ができなかったんじゃないのか」

「違います、そういう機会がなかったからです。告白だって何度もされたし、も、もてないわけじゃないんですから！」

「きみのキスは、海で溺れる子どもみたいだった」

「……！」

つまり、下手くそだったということだろう。

彫刻のように整った顔を、凜は思いきり引っぱたいてやりたくなった。

「自分でもわかっているんだろう？　私なら泳ぎ方を教えてやれる。上手にできるようになったら、一緒に泳げばいい」

「べ、べつにあなたと泳がなくても……」

凜は目を逸らし、もごもごと呟いた。

「凜」

また名前を呼ばれた。鈴の音のような短い名なのに、こんな声で呼ばれたら、言うことを聞かないといけない気にさせられる。

目の前にある、この唇。名前ひとつで黙らせるこの唇の感触を、凜は知っている。

唇だけでなく、全身で味わった。凜の無垢《むく》な肉体に、初めての快楽を刻みつけたのだ。

望んだ行為ではなかったけれど、素直な肉体は甘美な快楽に悶えて、悦びを極めた。

いやな男だったはずなのに。

彼だって、凜を嫌っていたくせに。

レイフが撒《ま》いた淫靡《いんび》な薬が、二人を変えてしまった。

凛は自分を抱くヒューの腕に、そっと手を乗せた。

「俺、弄ばれるのはいやなんです」

「手ごろな欲望の捌け口として？　あいにく、私はそういう相手には不自由していないんだ。きみを弄びたくないから、恋人になろうと言った。きみが心配するようなことは、なにもない。きみは今から私の恋人だ」

引き寄せられて、近づく唇を、凛は避けられなかった。

下唇を軽く吸われ、凛もおずおずとヒューの上唇を舌で舐めた。下手くそだとばれているので、気負いもないし、自分のしたいことをしてみようと思った。

キスに模範的なやり方があるのかどうか知らないが、間違ったり、してはいけないことをしたなら、そう注意してくれるだろう。

軽いじゃれあいから、深く貪るところまで、凛はヒューのすることを真似、独自のアレンジを加えて、ディープキスというものを堪能した。

「ん、ん……っ」

心地よさに喉が鳴り、鼻から甘い吐息が漏れてしまう。

凛はとくに、舌と舌を擦り合わせるのが気に入った。ぬるりと滑る感触は、舌同士でなければ体験できない。

唾液にまみれた唇を離すと、ヒューが深みのある声に笑みを含ませて囁いた。

「きみは筋がいいな、凛。先が楽しみだ」

「あまり、からかわないでください」

凛は潤んだ瞳で、ヒューを睨んだ。

「からかってなどいない。ロンドンで仕事をしている間も、きみのことを考えていた」

ヒューが凛を抱いたまま、ソファから立ち上がった。

「うわっ」

落ちないようにバランスを取っている間に、ヒューはさっと部屋を横切り、ベッドに下ろしてくれた。

まさか、今から凛を抱くつもりだろうか。凛はふかふかした上掛けの上を尻でずり上がりながら、べつの話題を探そうとした。

キスは気持ちよかったし、キスくらいならヒューに教えてもらってもいいかもしれない。もうセックスをしてしまったからか、男の彼と恋人になるという選択肢も、それほど不道徳で不健全な感じがしなかった。

だが、ヒューが認識している恋人と、凛の望む恋人の形態は違うように思われる。

契約書にサインもしていないし、自分たちがすべきことは快楽に流された意味のないセックスではない。

「あの、前に言いましたけど、レイフのこと……考えてくださってますか？」

スーツの上着を脱いでいるヒューに、凛は話しかけた。

「ああ。あれは私の弟だ。きみが気にすることはない」

「気にするし、あなただって注意するべきです。俺は彼に襲われかけたんですよ！」

ヒューは謝ってくれたけれど、レイフからの謝罪はないのだ。ヒューと恋人になろうが、慰謝料をもらおうが、このままうやむやにしていいわけがない。

ヒューはネクタイを取り、ベッドに腰かけた。

「今日、ここに来る前にレイフと話をした。きみに薬を使ったことは認めたよ。だが、市販の子どもが使うおもちゃみたいな薬で、効果も強くないし、私を困らせている強情なきみを、ほんの少し懲らしめてやりたかったと言っていた。もちろん、暴行するつもりはなく、きみが降参したらすぐにやめるつもりだったそうだ」

「う、嘘だ！　そんなの嘘です！　あなたならわかりますよね、あれはおもちゃの薬なんかじゃなかった、絶対に！」

ベッドの端に逃げていた凛は、思わず四つん這いになってにじり寄り、自分のほうを向いていないヒューの肩を掴んだ。

「悪戯《いたずら》が過ぎると私が叱ると、きみに謝りたいと反省していた。近いうちに来るかもしれないが、謝罪を受け入れるかどうかは、きみ次第だ」

「悪戯だなんて、よくもそんなこと！」

「……効果が強すぎて、あのあと私がきみを抱いたとは言えないだろう」

「だからって……！」

ヒューに裏切られた思いで、凛はぎりっと奥歯を噛み締めた。

「きみとレイフを二人きりで会わせたりしないと約束する。会いたくなければ、そう言って断ればいい。私がいないときには、ジョーンズがうまくやってくれるだろう。相続問題に端を発しているのだから、きみがサインをすることですべては丸く収まるんだがね」

丸く収めて、用済みになった凛を放りだすつもりだろうか。

恋人になろうと言っているのも、一夜かぎりのことかもしれない。もしくは、凛が日本に帰るまでの限定された短い期間。

それはただの遊びだ。

「いやです。サインはしません」

「金額が多すぎるからか？」

「どんな条件であってもサインはしないと、今決めました」

「……なぜだ」

凛のことなど、なにも考えていないからだ。

このままサインをして、ヒューの思いどおりになるのはいやだった。彼の曇《くも》った目を覚まさせてやりたいとも思う。

そして、レイフの真実に気づいたとき、彼がどんな態度を取るのか見てみたい。

「俺にだって、意地があります。レイフは本気だった。彼は危険な男です。あなたが第一に対処すべきなのはレイフで、俺じゃありません」

「私の優先順位は私が決める」

「俺の言うことに耳を貸さないで、あとで困るのはあなたなんだから！　あなたほど賢くて冷静な人が、どうしてわからないんですか」

「……きみは、私のことを心配しているのか？」

「あなたが陥れられるのを、黙って見てはいられません」

ヒューはようやく首を曲げて、凛を見た。

その瞳には不思議そうな色が浮かんでいて、凛のほうが戸惑ってしまう。罠《わな》があると知っているのに、罠に向かって歩く人にその存在を教えないのは、罪だ。

たとえ、自分を軟禁している男であっても、ヒューは凛を殺そうとしたり、強姦して言うことを聞かせようとしたりするような、極悪人ではない。

「なんですか？」

あまりにもじっと見られているので、凛はむっとして訊いた。

「いや、少し意外だった。きみに、優しくなかったことは自覚していたからな」

「今から優しくしてくれてもいいですよ」

「私にチャンスを与えてくれるとは、きみの心の広さに感謝しなくては」

「そういう話をしてるんじゃありません。ちゃんと、俺の言うことを聞いてください」

「わかっている。きみの言うことを無視しているわけでも、信じていないわけでもない。だが、私には私の考えがあるんだ。だからきみはとりあえず、サインをしなさい」

凛は頑固に首を左右に振った。

「絶対にいやです」

「きみは強情だな」

「とっくにご存知だと思ってました」

「おまけに生意気《なまいき》だ」

「あなたが相手なら、ちょうどいいくらいでは？」

凛とヒューはしばらく睨み合っていたが、ふっと力を抜いたのはヒューだった。硬かった表情に笑みを浮かべ、靴を脱いでベッドに乗り上がってくる。

「まったく。きみのそういうところは非常に手間がかかるが、嫌いではない」

「……え？」

「楽しめることもあるだろうな、私の機嫌がいいときには。しかし、強情で生意気にふるまえばすべてが望みどおりになると誤解しているならば、そうでないと教えるのも恋人の務めだ」

「こ、恋人って、俺はまだ頷いたわけじゃ……っ」

逃げたものの間に合わず、凛はベッドに仰向けに押し倒された。

顔の横で両手を押さえつけたヒューは、口答えを許さない口調で言った。

「きみはキスを拒まなかった。その熱くて柔らかい舌で私に応えた。つづきをしよう、恋人なら当然の行為を」

「いやです、やめてください！　こんなことをしたって、俺は思いどおりになんてなりません」

「わからないさ、やってみなければ。きみに本当のセックスを教えてやる。私のやり方を」

「……っ！」

拒絶の言葉は聞きたくないとばかりに、開きかけた凛の唇はヒューに深く塞がれた。


「や、だ……っ、そんなこと、しないで！　しな、いで……っ！」

凛は何度目ともわからない抗議を、涙声で繰り返した。

脚を開いて仰臥《ぎょうが》させられ、尻の下に敷かれた枕が腰の位置を高くして、隠しておきたい窄まりが丸見えになっている。

ヒューは凛の太腿の裏側を掴んで押し上げ、無防備に晒された後孔を舐めていた。

初めてのときは、蜂蜜を使われた。自ら潤うことがないのだから、今回もなにかで代用するのだろうと思っていたのに、ヒューは彼の唾液を使っているのだ。

「ん、うっ、うう……っ」

両腕を顔の前で交差させ、顔を隠しながら凛はすすり泣いた。

あまりに衝撃的な行為だった。自在に動く舌が、緊張で締まる入り口を舐め溶かし、凛の秘部をうまそうにすすっている。

耳を塞ぎたくなるような恥ずかしい音を立てているのは、一般市民から尊敬されるべき高貴な肩書きを持つ、誇り高い男である。

後孔を弄られるまでに、乳首と性器も散々舐めしゃぶられていた。とくに勃起して先走りで濡れている陰茎を吸われ、彼の口内で射精させられたときには、これ以上の羞恥はないと思えた。

自分の吐きだした精液を飲まれただけも信じられなかったのに、あの美しく端整な顔が尻の狭間に埋められ、排泄《はいせつ》の器官を舐めているなんて。

セックスなどしたくないとごねていた自分を、凛は忘れてしまっていた。

最初は抵抗していたのだが、裸にされて長い長いキスを受けたあとは、頭がぼうっとして身体に力が入らなかった。

ヒューが凛を快楽の海に突き落とすのは、赤子の手を捻るよりも簡単なことなのだ。

「う……ぁ、いや……ぁっ！」

尖らせた舌先がつぷっとなかまで入ってきて、凛は身悶えた。

力をこめて侵入を拒んでも、ぬるぬるした舌を止めることはできない。内側の壁を舐められ、まるで性器のように出し入れされてしまう。

「だめ、舌は……いや、入れない、で……」

か細い声で哀願すると、舌の動きはさらに活発になった。

固かった蕾が綻《ほころ》んできて、敏感な粘膜《ねんまく》が淫らな蠕動《ぜんどう》を始めるころに、ヒューはようやく唇を離し、違うものを差し入れてきた。

感触からしておそらく、ヒューの指だろう。

「ん、んぅっ」

舌より奥まで入ってくるから、凛の身体が強張ってしまう。長くてしなやかで上品な指は、凛のなかで卑猥な動きをしてみせた。

「大丈夫だ、痛くはしない。きみのいいところを探しながら、ゆっくり進めよう」

「……うぅっ、いや、あっ！」

逃げないように腿を押さえていた手が離れ、凛の性器をそっと撫で上げた。それは一度達して力を失っていたはずなのに、尻への愛撫《あいぶ》で再び膨らんで、天を仰いでいる。

「弄ったらすぐに達してしまいそうだな。代わりに、こっちを舐めてやろうか。ここもきみのお気に入りだ」

指を入れたまま、ヒューはぐっと伸び上がり、凛の乳首を強く舐め上げた。

「ああっ！　や、やだ……、そこは……っ」

ヒューの指を後孔で食《は》み締め、凛は仰け反った。

達かせてくれるつもりはないらしく、ヒューは凛の性器を放ってしまっているのに、乳首からの刺激が腰に伝い下りて、張りつめた幹がビクビクと震えてしまう。

凛は胸元に齧《かじ》りついているヒューの頭を片手で押さえ、もう片方を背中にまわして爪を立てた。

右の乳首を弄り尽くしたヒューは、名残を惜しむようにきつく吸い上げてから、おもむろに左側に狙いを変えた。硬くなった突起が舌先に弾かれて、あらゆる方向に転がされる。

歯で挟んでくびりだした先だけを小刻みに擦ったり、根元から舐め上げたりして乳首をあやしながら、穿った指で蕾を広げ、内壁を柔らかく擦っていくのだ。

「あ、あっ！　あぅ……ぅ、……っ」

凛の喉からは、淫らな声しか出なくなっている。

三本まで増えた指に凛が怯えなくなると、ヒューはようやく甘く執拗《しつよう》な責め苦から、乳首を解放してくれた。

初心者だったそこがどんなありさまになっているのか気になって、凛は少しだけ頭を浮かせて自分の胸元を見下ろした。

「……うそっ、いやだ……！」

凛は目を疑った。

小さな突起は見たこともないほど尖り立ち、鮮やかな薔薇《ばら》色に染まっている。呼吸に合わせて上下し、ヒューの唾液に磨かれ艶やかに光っているさまは、淫靡としか言いようがなかった。

こんな恥ずかしい乳首は自分のものじゃない。凛の顔が羞恥で歪んだ。

「そんな顔をするな。男の手が入ると、身体は変わっていく。私に抱かれて、きみは変わるんだ。好ましい変化ではないか。この乳首だって、思わず口に含んで吸いたくなってしまう」

生々しくあけすけな言葉に凛はかーっと赤くなり、力んだ拍子《ひょうし》に体内に含んだ指を締めつけた。

「……っ、ん、くぅっ……！」

「ずいぶん柔らかくなった。きみのいいところは、ここだ」

「ひっ……！」

指の腹である一点を強く押され、凛は仰け反って悲鳴をあげた。

凛の反応を確認するように、指はそこかしこを擦り、撫でていく。肉襞は徐々に初体験のときの快感を思いだしていた。

今はまだ、奥まで届いてない。そう思った瞬間、粘膜が収縮し、指を深くまで引きこもうと蠢き始めた。

「違うものが、欲しいのか？」

我知らず、凛は返事を身体でしたようだった。

「きみの期待に応えよう」

ヒューは機嫌よさそうに囁き、指を引き抜いた。

覗きこんで見たならば、乳首と同じように赤くなり綻んでいるだろう窄まりに、雄々しい肉塊が押し当てられる。

「……あっ」

一瞬怯えて強張った凛の身体を、ヒューの大きな手が撫でてなだめてくれた。

「力を抜きなさい。これが怖くないことを、きみは知ってるはずだ」

「ん、んんっ、う……っ」

知っているけれど、受け入れるときはやはり怖い。その先に待っているものに期待をかけて、凛はヒューにしがみついた。

少しずつ、熱いものがなかに入ってくる。雄そのものといった塊《かたまり》だ。

最初に抱かれたときより、肉棒の感触がリアルだった。

なぜ違うのだろうとぼんやりした頭で考えて、あのときは蜂蜜があったことを思いだす。

恥ずかしいほどの滑りも、くらくらする甘い香りも、今日はない。

だが、ヒューから香る男らしい体臭が、凛の頭を麻痺させる。抑えきれない荒い呼吸を口でしながら、彼の匂いが嗅ぎたくて、凛は金色の髪に鼻先を寄せた。

行きつ戻りつしながら奥へ進んできたものが、終着点を見つけたらしく、勢いをつけて軽く突き上げてきた。

「……っ、あ……、いや、深い……っ！」

本能的な恐怖が、凛にそう叫ばせた。

逃げようともがいて、果たせなかったあとは観念し、大きさと深さに慣れるために、細かく息を継いで身体の力を抜く。

つながっているのは一部分なのに、自分の隅々までも支配されているようだった。

「つらいか、凛？」

ヒューが顔を覗きこんできて、凛は潤んだ目を瞬いて見返した。

エメラルドの瞳は欲情で濃くなり、額には汗が滲んでいる。いつもより、余裕のない表情。

彼も感じているのだ。

凛の身体で。

凛とつながって。

萎縮《いしゅく》していた凛はなぜだかほっとして、なんとか笑みを浮かべることに成功した。

「……平気、です。たぶん」

「痛いか？」

「今は、そんなに」

ヒューは根元まで収めた状態で動いていなかった。

凛の狭い道に、太くて熱い男性器が長々と横たわっている。知りたくないのに、硬さや重さまでもが感じ取れた。

動いてくれてもいいのに、と凛は思う。そろそろ動いてくれないと、凛のほうが我慢できなくなってしまう。

男を受け入れた肉襞は強い刺激を求めて、凛の意思とは関係なく、内部のものを包みこんで締めつける。

だが、動いてほしいなどという催促を、どの口で言えるだろう。

「う……ん、んんっ、や……っ」

膝を立てた脚でヒューの腰を挟みながら、凛はあえかに喘いだ。

そんな凛の反応をしばらく楽しんで、ヒューは甘い声で命じた。

「私の形を覚えなさい。私でしか満足できないように、私しか欲しくならないように、きみの身体を作り変えてやる」

傍若無人《ぼうじゃくぶじん》な宣言とともに、腰を突き上げてくる。

静止した状態で馴染んでいた肉襞が擦られて、悦びの悲鳴をあげた。

「あっ、あっ、あっ！」

凜の口から止めようもない嬌声が漏れる。

浅く軽く、慣れてくると、深く重く。角度や突き方が変われば、感じ方も変わってくる。

最初のセックスとは全然違っていた。一方的にヒューに抱かれるのではなく、ヒューも気持ちよくなっているのがわかる気がした。

先端の括れたところまで引き抜いて、ずぷっと奥まで戻ってくる。狭かった道が開いていく、開かされてしまう。

「あ、あーっ！　いやぁ……っ」

妄《みだ》りがましい声をあげて、凜は悶えた。

「いやじゃなくて、いいんだろう？　よさそうな顔をしている」

「くぅ……、だめっ、み、見ないで……！」

「なぜだ。きみの顔も声も、全部私のものだ」

腰の動きは止めないまま、ヒューは凜の頬や顎の先、首筋に細かいキスを落としていく。

過敏になった肌は、わずかな刺激も快感に変えて、身体を震わせた。

「だ……って、はずか、しい……、んぁっ、あっ！」

恥ずかしいと言いながら、声が自然に零れでる。

肉棒に強く擦られている内側も気持ちいいが、二人の腹の間に挟まれた性器もたまらないほど興奮していた。

あと少し、直接的な愛撫が加われば、達することができる。凛は何度か自分の手を伸ばしたのだが、そのたびにヒューに阻《はば》まれていた。

「やだ、なんで……っ！」

「駄目だ。今は後ろだけで私を感じなさい」

「……っ！」

なんと傲慢《ごうまん》な命令だろう。

聞く気になれない凛は、懲りずに手を伸ばしては叱られ、挙句の果てに、両手を頭上で交差させられ、手首でまとめて掴まれてしまった。

「こんなの、ひどい……！」

文句を言ったものの、腕を拘束されての律動は、凛に新しい愉悦をもたらした。

性器を握れない代わりに、凛は己の肉襞に意識を集中させた。早く頂点を極めたくて、ヒューをぎゅっと締めつける。

摩擦が強くなり、愉悦がどんどん膨れ上がっていく。

凛がどのような動きをしようとも、ヒューは力強く腰を打ちつけ、熱く絡みつく肉襞を穿ちつづけた。その逞しさに、すすり泣きが漏れる。

「もう、だめ……、いく……、いっちゃう……っ」

これ以上は、我慢できそうになかった。自分でも腰を揺らし、突き上げる。

「いいぞ、凛。上手にいけたら、私も出してやる」

「やだっ、いや……、い、やぁっ！」

もがきながら、凛はついに精液を迸らせた。固定されていない性器から熱いものが跳ねて、互いの胸を濡らす。

ヒューも低く呻き、絶頂で引き絞った凛の奥の深いところで、射精した。

荒かった二人の呼吸が鎮まってきたころ、ヒューが唇を寄せてきた。

それは次の交わりを予感させるような淫らな口づけで、凛はなすすべもなく涙で濡れた睫毛を震わせた。

7

凛はふてくされてベッドでごろごろしていた。

脱走し、ヒューの隣の部屋に移されてからもう五日が過ぎたが、相変わらずの軟禁状態で、凛の堪忍袋《かんにんぶくろ》の緒《お》は少なくとも十回くらいは切れていた。そこらじゅうを走りまわって、怒りとストレスを発散させたくても、重苦しい身体がそれを拒む。

一方的な恋人宣言をされて以降、ヒューは凛を離そうとしなかった。まとめて休みでも取ったのか、一度もロンドンに帰らずに、凛の部屋に入り浸っている。

レイフについて注意を促し、書類にはサインをしない。そのことをヒューに納得させなければならないのに、やっていることは、ほとんどセックスだった。

「なにをしてるんだ、俺は……」

あまりの情けなさに、凛は枕に顔を埋めてひとりごちた。

口論が始まると、ヒューは凛を抱きすくめてキスをする。呑まれるものか、負けるものかと頑張っても、気がつけば彼の腕に抱かれて、甘い声で鳴かされている。

セックスが終わるたびに、こんなことをしている場合ではないと後悔するが、どのような決意も手馴れた男の前では、砂で作った城のように脆《もろ》く儚《はかな》かった。

このままではいけないと凛は本気で思っているし、焦燥は日々強くなっていく。サウスウッド・ハウスには昨日で八晩も引き止められており、今日出ていくのは無理だろうから、九晩は確実である。

オフィスの優子には昨日やっと電話をして、緊急の用事がないことを確認したが、いつまでもイギリスでぐずぐずしているわけにはいかなかった。

旅行者の凛に、根比べ《こんくら》は不利な勝負だ。

「ヒューの馬鹿伯爵め。なんであんなにわからずやなんだよ」

凛は膨れて、日本語で文句を言った。

ヒューは用事があるのか、今は凛の部屋を出ている。きっちりと鍵をかけていくところが憎たらしい。怒りが湧いてきて、凛はむくりとベッドから起き上がった。

「そろそろ決着をつけないと。いろんなことに」

ヒューの主張はサインをしろの一点張りで、凛をどう思っているか、この先どうするつもりなのかは、いっさい口にしなかった。

丸めこむためであっても、凛を抱いているときの彼は優しい。凛の身体はすっかりヒューに馴染んで、男に抱かれる喜びを思い知らされている。

そして、ひたすらに快感を追い求めて、我に返ったとき、気持ちが通い合ってもいないのに燃え上がる自分の身体に自己嫌悪するのだった。

凛は身支度を整えるために、バスルームへ向かった。

情交で汚れた身体は、終わったあとでヒューが拭ってくれたり、一緒にシャワーを浴びたりして綺麗にしてくれるから、顔を洗って歯を磨けば充分だ。

髪を梳《と》かしてバスルームを出て、冷静な話し合いには最適の深い紺のスーツを着こんでいると、ちょうどヒューが戻ってきた。

廊下側ではない、ヒューの部屋とつづいている扉が開く。

ヒューは凛の格好を見て、驚いたようだった。

「起きていたのか。どうした、そんなにめかしこんで」

ここのところは覚えたばかりのセックスに疲れて、バスローブしか羽織っていなかったり、寝転ぶのに楽で、皺《しわ》にもならないラフな服装をしていたりすることが多かった。

「ちょっとした俺の心構えです。きちんとした服を着ていると、気持ちも引き締まりますから」

「きちんとした服を乱してやるのも、楽しいものだ」

ヒューは凛のそばまでやってきて全身を眺め、

「上着を脱がして、シャツの上から乳首を弄ってやりたくなる。きみの敏感な乳首が、薄い生地《きじ》をツンと押し上げているのが目に見えるようだ。シャツの色が白いから、赤く染まっているのもよくわかるだろう」

と耳元に唇を寄せて囁いた。

そうされるところを想像し、凛の腰が抜けそうになった。布越しに尖った乳頭を撫でられるなんて、恥ずかしすぎる。

「い、いやらしいことを言って、俺の戦意を喪失《そうしつ》させるのはやめてください!」

「ただの会話さ。親密な恋人同士の」

「恋人なんかじゃありません。俺とあなたは、ただ、寝てるだけです」

「つれないことを言う」

くっとヒューの唇の端が上がった。生意気なことを言う凛を懲らしめようとするときに、よく浮かべる笑みだ。

勢いよく不満をぶちまける気だったが、凛は思いとどまった。

「今は恋人云々《うんぬん》で言い争う気はないんです」

「ついにサインをする気になったか」

「なりません」

「凛、なにが気に入らないんだ。きみは金をもらいすぎだとごねていたが、私にとってはそれほどたいした金額でもない。それに、サインをすれば、いつでもここに来られるんだぞ。住む気も売る気もないという言葉が本当なら、サインをしてきみが損することはなにもない」

「サインをするしない以前に、俺はどんな要求もあなたに突きつけてません。館を渡せとか金をくれとか、俺はこの先死ぬまで言うつもりはないし、ウィリアムの遺言を伝えるのは、俺の代で終わりにします。高木戸の人間がこちらに迷惑をかけないように、きちんと対処すると約束します。それでも、俺はあなたの用意した書類にサインをしなければならないのですか？」

「口約束では駄目だ」

「……俺を信じてくれないんですね」

「私ときみだけの問題ではないということだ」

個人的には凛を信じているけれど、二人だけの問題ではないから法的な手続きを進めてほしいと言われれば、凛は納得できた。

だが、ヒューは自分の気持ちを口にしてくれない。凛を信じているのかどうかさえ、わからない。

「サインをしたらいつでもここに来ていいっておっしゃってましたけど、それって、サインをしなかったら、ここに来てはいけないということですか」

「サインをするまで、きみは日本に帰れない。この部屋からも出られない」

凛は惨めな思いでヒューを睨んだ。

「……恋人だって言いながら、どうしてそんな酷いことができるんですか」

「それだけ、重要なことなんだ。きみが権利を持っているままだと、私が安心できない。おちおちロンドンにも戻れないくらいだ」

冷たい言葉に、わっと泣きだしてしまわないのが、不思議だった。凛の男としてのプライドが、その衝動を押しとどめているのだろう。

サインをすれば、ヒューは凛を放っておいてロンドンに戻る。旅行者できちんと仕事も持っている凛がいつまでもイギリスに滞在できないことは、彼だって知っているはずだ。

ヒューはおそらく、サインをさせたらすぐさま、凛を日本に送り返すつもりなのだ。厄介払いでもするように。

――そうだよ、わかってたじゃないか。

凛はヒューを睨んでいる気力も失い、俯いて自嘲した。

彼が凛を好きで抱いているのではないことくらい、わかっていた。由緒正しい伯爵が男遊びをするなんて聞こえが悪いから、恋人という体裁を取り繕っただけ。

凛がすべてを放棄しなければ、ヒューとの距離は縮まらない。だが、信用されていないことをはっきりと思い知らされて、その先に待っているのが温かい関係だとは思えない。

これ以上、彼の思いどおりになりたくなかった。追い返されるくらいなら、こっちから出ていってやる。

レイフのことも、ヒューの好きにすればいい。凛は凛なりに頑張ったのだ。

張っていた意地がついに萎《しお》れ、すべてを終わらせるために凛は言った。

「……わかりました。書類を貸してください」

突然の変化にヒューは驚いたようだが、凛が本気だとわかると、彼にしては早足で隣の部屋から書類を取ってきて、ライティングデスクの上に広げた。

凛は読み返さずに指示されたところにサインをしていった。

『鳥』の預り証にサインをするときは無意識に手が止まったが、ヒューと凛がうまくいかなかったからといって、ウィリアムと宮子の想いが消えるわけではない。ブローチを置かせてもらうというのが当初の目的だったのだし、凛の希望もひとつは叶ったのだ。

「サインをするのは、これで全部ですか？」

「ああ。私も一安心できる。よく決断してくれたな」

「では、もう俺に用はないでしょうから、そろそろ……」

「きみに提案があるんだが」

日本に帰りたいと言おうとした凛を、ヒューが遮った。

凛は思わず、日本に帰ったらどうかという提案ではないかと疑った。先を越されて言われるほど惨めなことはないから返事に詰まったが、ヒューは勝手につづきを話しだした。

「きみは本当は、セレブが被る帽子を作りたいんだろう？　だが、それは日本では難しいと感じている」

「こちらで腰を据えてやってみないか」

「ええ、まぁ」

「……」

予想だにしないことを言われて、凛はぽかんと口を開けてヒューを見つめた。

「オートクチュールなら、ヨーロッパのほうが需要《じゅよう》があるだろう。工房がいるならロンドンの一等地に作らせるし、上流階級の顧客も紹介しよう。きみがなに不自由なく活動できるだけのバックアップは惜しまない」

「ちょっと待ってください。俺をイギリスに来させて、どうするんです？」

「私たちは恋人同士ではないか。恋人が日本に帰ってしまうのを、指を銜《くわ》えて見ているわけにはいかない。この契約書をマクラウドに渡し、すべてが終わったら、ロンドンにある私の家へ連れていってやろう。きみもきっと気に入る。その身体ひとつと、気に入りの帽子を持ってくるだけでいい。あとは私がすべていいようにはからうから」

日本で凛が苦労して築《きず》いてきたものをすべて捨てさせて、一緒に暮らすためにイギリスへ来いとヒューは言っているのだ。

彼は凛がサインをしたことで、安心していた。

肉体の距離は縮まっても、心の距離はいっそう開いたと感じたのに、そんな彼と一緒にイギリスでうまくやっていけるはずもない。

即座に追い返されるよりはまだしもましな提案かもしれないが、日本に帰さないためにイギリスで仕事をさせるというのも、本末転倒《ほんまつてんとう》に思えた。

それに、凛に帽子を作らせたいと考えているなら、アリシアのことを解決しなければならない。彼女はロンドンに帰ったままで、なにをしているのか、凛をどう思っているのか、ヒューに何度訊いてもはっきりした返事をもらったことがないのだ。

「アリシアのことはどうなったんですか？　彼女が今でも、俺のことを卑劣な男だと勘違いしてるなら、誤解を解いてください。仕事の心配をしてくださるなら、まず彼女の帽子を作らせてもらえませんか」

凛が反発していることがわかったのか、ヒューは明らかに不機嫌になった。

「きみを援助しようと考えたのは、アリシアに感化されたからではない」

「それはもちろん、そうでしょうとも」

凛は皮肉な口調を隠さなかった。

少なくとも、アリシアは凛のデザイナーとしての才能に期待してくれていたが、ヒューはそうではなかった。彼が頭の上に乗せるカラフルな布切れについて、それほど興味を持っていないことはすでにわかっている。

関心もなく、凛の才能がどんなものかも知らずに、金に飽かせてバックアップを約束するなんて、凛にとってはそのほうが屈辱的だった。

チャンスを掴むためには、綺麗事など言ってはいられないし、自分のプライドもある程度は捨てなければならないのはわかっている。だが、自分自身のことだからこそ、自分で納得できる道を進みたいと思う。

ヒューやアリシアの力を借りなくても、行きたいところへは己の力で這い上がってみせる。たとえ遠回りになろうとも、プライドを持ったままでも歩いていける才能があると、信じたい。

「凛、きみの夢を叶える手助けをしようと言ってるんだ」

その恩着せがましい言い方に、凛は心底むかついた。凛の夢の本質さえ理解していない男に言われたくない。

「お心遣いには感謝しますが、東京のオフィスは賃貸契約を更新したばかりだし、雇っているスタッフもいます。いきなり拠点をイギリスに移すなんてできません」

「資金の心配など無用だ。必要なものは私がすべて出す。優秀なスタッフならば、連れてくればいい。スタッフごと面倒をみよう」

「そこまでして、俺がモノにならなかったらどうするつもりですか。あなたは大損して、セレブな方々の前で恥を掻くんですよ」

「自分に自信がないと言っているのか？　アリシアの帽子を作りたいと言っていたくせに」

「あなたのことを言ってるんです！　あなたは投資家でしょう。俺の帽子を見たことも被ったこともなく、帽子そのものに関心すら抱いていないのに、帽子デザイナーを援助するなんて、無責任すぎます」

凛はたまらず、怒鳴った。

「きみのことはビジネスとして考えていない。きみが最高の状態で、好きなようにできる舞台を整えてやりたいだけだ」

「ビジネス、じゃない……？」

「実際、帽子について造詣《ぞうけい》が深くないことは、認めざるを得ない。アスコット競馬場を彩る女性の帽子を見て、素晴らしいと感心するどころか、正気の沙汰ではないとしか思えないのだからな。そんな私が帽子をビジネスとして成功させるのは難しい」

「それじゃ、どうして俺の援助をするんですか？」

「成功すればいいとは思うが、それほど私は期待していない。失敗してもかまわないんだ。きみがそういう心配をして不安になっているのなら、安心しなさい。決して見捨てはしないから」

「つまり、俺の帽子が売れなくて、仕事として成り立っていなくても、あなたは援助しつづけてくれるってことですか」

ヒューは平然と頷いた。

「そうだ。帽子に見切りをつけて、べつなことがしたくなったら、そう言いなさい。私はべつに、恋人が遊んで暮らしていてもかまわないんだ。だが、趣味を仕事に昇格させるくらいの面倒はみるし、失敗したとしてもきちんと後始末はつけてやれる。目に余る浪費をしなければ、きみは好きなことをしてかまわない」

「馬鹿にするな！」

凛は溜《た》めこんでいた怒りを爆発させた。

これ以上は我慢ならなかった。自分ではわからないなりに、凛の才能を信じてやらせてみよう、というのですらないのだ。

帽子に見切りをつけたら、などと軽々しく言われたくない。才能があろうとなかろうと、生涯をかける価値があると凛自身が決めた仕事を、そんなふうに言う権利は誰にもない。

「あなたとはやっていけないことが、よくわかりました。帽子作りは俺の仕事です。それを趣味だなんだと馬鹿にしている人に援助されても、つらいだけです。そこまで自分を卑《ひ》下《げ》したくない。俺にもプライドがありますから」

食ってかかる凛の肩をヒューが押さえてきたので、凛は大きく振り払って彼から離れた。

「馬鹿にしているわけではない。きみがやりたいことを、やらせてやりたいだけだ。帽子がいいなら、帽子を作ればいい」

「子どもの遊びじゃないんですよ！」

「当然だ。遊びではないからこそ、資金的な援助が必要になるんだろう」

激する凛を制して、ヒューは腕時計を見ると、

「今は先にやらねばならないことがある。話のつづきは帰ってからにしよう。明日には戻る」

と言って、凛がサインをした書類を封筒に入れ、部屋を出ようとした。

「待ってください。仕事があるから、俺は日本に帰りたいんです。あなたの都合で先延ばしにされるのは迷惑です」

「イギリスに来れば、日本のオフィスはたたむことになる」

「だからどうなってもいいって言うんですか！　いい加減にしてください！　援助の話はお断りします。あなたがなんと言おうと、俺は帰りますから。もうあなたの指図《さしず》は受けません」

凛はきっぱりと言いきり、スーツケースを開けて帰り支度を始めた。

「きみは今、興奮しているんだ。少し冷静になって考えなさい。私が鍵をかければ、帰り支度をしても、きみはここから出られないんだぞ」

「……！　鍵なんて、かける必要ないでしょう！　俺は書類にサインしたんだから！」

かっとなった凛はスーツケースを放りだし、ドアのところで立って見ていたヒューに掴みかかろうとしたが、呆気なく両腕を拘束されてしまった。

「……サインをしたからといって、すぐさま、すべてのことが解決するとはかぎらないんだ。それに、援助の話は相続放棄の件とは違う。きみが納得するまで、話がしたい。悪いようにはしないから、おとなしく待っていなさい」

「いやです、いや……っ！」

凛は荷物のように肩に担がれ、ベッドに放りだされた。

深く沈んだ背中に痛みはなかったが、衝撃で息が止まる。慌てて起き上がった凛の目に映ったのは、床に落ちた封筒を拾って部屋を出ていくヒューの背中だった。

「あなたと話すことなんか、なにもない！　俺を帰してください！」

喉が裂けるような叫びも虚しく扉は閉まり、鍵のかかる無情な音が凛の耳に響いた。


ヒューが運転する車が遠ざかっていくのを窓から確認した凛は、館から逃げだすための作戦を考えた。

納得するまで話がしたいとヒューは言ったが、それは時間をかけて凛を頷かせるということだ。

ちょうど今日、相続放棄のサインをさせたように。

拒否の答えを認めないヒューと話をしたって、時間の無駄である。

彼があとでどんなに怒り狂おうとも、凛には逃げるしか道はない。それも、ヒューが帰ってこない今夜のうちに逃げないと手遅れになる。

部屋の鍵を開け、ジョーンズに見つからないように館を出て、広い庭で迷わずに敷地の外までたどり着けるのか。

道のりの険しさにうんざりしていたとき、ドアをノックする音が聞こえて、凛は飛び上がった。

「は、はいっ?」

「お掃除に来たんですけど、入ってもよろしいでしょうか」

何度か部屋を掃除しに来てくれた、若いメイドの声だった。

「どうぞ、入ってください」

「失礼いたします」

メイドが凛の部屋に来るときは、いつもジョーンズも一緒にいるのだが、今日は栗色の髪のメイドが一人きりである。珍しいというより、初めてだ。

「ジョーンズさんはどうなさったんですか?」

凛が訊くと、メイドは少し怯えたように背後を気にし、扉を閉めた。

「下にいらっしゃいます。あの、ここへは私が勝手に来たんです。ジョーンズさんには内緒にしておいていただけませんか」

「……ええ、もちろん。どうかなさったんですか？」

思わぬチャンスが転がってきた気がして、凛も自然と声を低めた。

「私、メアリーと申します。どうしてもお訊ねしたいことがあって。失礼ですけど、あなたがこの館を相続なさるというのは本当ですか？　使用人たちの間で話題になってるんです。私たちにとっては、雇い主が代わるってことですから。心配だけど、ジョーンズさんには訊けないし」

「いいえ、相続する権利があったみたいなんだけど、ついさっき、放棄しました。だから、安心してください。みなさんのご主人はこの先もウィンベリー伯爵です」

使用人たちの心配まで気がまわらなかった凛は、少々罪悪感に駆られつつ答えた。相続権を放棄するかしないかは、マーカス家と高木戸家だけの問題ではなかったらしい。

「では、先ほど旦那さまがお出かけになられたのは、その書類を……？」

「たぶん、そうだと思います。弁護士さんのところに持っていったんじゃないかな。俺を閉じこめる必要はもうないのに、伯爵は習慣で鍵をかけていったみたいで。当初の予定どおり、この館を見学したいし、敷地のなかも散歩してみたいんだけどね」

凛は同情を買うように、哀れっぽい声で言ってみた。

「……ずっと、閉じこめられていましたもんね」

メアリーは気遣っているような、不安そうな顔で凛に同情を示した。

「そうなんだよ、いつかは見学させてもらえると思ってたけど、俺も日本に帰らないといけないから、ゆっくりもできなくて。そうだ、敷地を含めた、この館全体の見取り図みたいなものはないかな？　せめて、そういうものでも見ておきたいんだ」

「見学者用のパンフレットがあります。取ってきましょうか」

凛は顔に喜びが溢れすぎるのを、なんとか抑えた。

「本当に!?　でも、できればジョーンズさんには知られたくないんだ。伯爵に告げ口されて、お小言をもらうのは大変だから。きみもばれたら、叱られるかもしれないし」

「大丈夫、うまくやります。私のことも、ジョーンズさんに言わないでくださいね。すぐに戻ってきます」

メアリーは笑顔で答えると、栗色の髪を揺らして部屋を飛びだしていった。

鍵の問題は片づいていないが、見取り図さえあれば、いざというとき一人でも逃げだすことができる。たとえ今夜が無理でも、ヒューの隙を突いていつかは。

期待と興奮、そして不安で、まんじりともせずに待っていた凛のところへメアリーが帰ってきたのは、一時間も経ってからだった。

「すみません、遅くなりました。ジョーンズさんに見つかって、誤魔化《ごまか》していたらべつの用事を言いつけられてしまったんです。でもほら、パンフレットはこっそり持ってきましたから」

「ありがとう。きみに感謝するよ、本当にありがとう」

ポケットに折りたたまれていたパンフレットを、凛は大事に受け取った。

メアリーはそんな凛から、なにか感じることがあったのか、声を潜めて囁いた。

「さっき聞いてきたんですけど、今夜、旦那さまがロンドンに泊まられることになったそうで、ジョーンズさんも珍しく夜からお出かけだそうなんです。七時くらいに出るって言ってました。もし館内を見学なさりたいんでしたら、私がそれ以降に部屋の鍵を開けに来ますけど」

「……え？」

「ジョーンズさんが戻られる十二時前くらいに鍵をかけに来ますから、それまでに部屋に戻っておいてください。ほかのメイドも用事がなければ、自分の部屋から出ません」

「ありがたいけど、もしばれたら、きみが怒られるんじゃないか？」

「だから、ばれないようにやるんですよ。館は広いんです。私が鍵を開け閉めしてるなんて、誰も気がつきません」

「でも、危険だよ。俺が外に出てるときに誰かに会ったら、もう終わりだ」

凛は怒られるくらいだろうが、メイドは最悪の場合、首になるかもしれない。

そんな危険をわかっているのかいないのか、メアリーはあっけらかんとした顔で言い放った。

「見つかったときは、あなたのほうで、気がついたら鍵が開いていたって誤魔化してくだされば、私は口を割りませんけど。ここでの職を失いたくありませんから。死刑囚を逃がすわけじゃないんだし、嘘発見器にかけられたりはしないでしょう」

たしかに、それはそうだった。彼女は凶悪な犯罪を犯すわけではないし、凛だって、逃げたからといって罰せられるわけではないのだ。

罪悪感は消えなかったが、凛は心を決めた。

もし脱走に成功して、彼女がこのことで咎を受けていることがわかったら、すべては自分が言いだしたことで彼女は悪くないのだとヒューに訴え、彼女を赦《ゆる》してもらうのみである。

「……絶対に言わないよ、きみのことは。だからきみも、俺がヘマをしたときは、知らぬ存ぜぬを通してほしい。十二時までには戻るから、声をかけずに鍵をかけてしまってかまわないよ。話し声を誰かに聞かれると面倒だからね」

「わかりました。締めだしを食らわないように、気をつけてくださいね」

メアリーは堂々としたウィンクをして出ていき、凛はなかば呆然と彼女の後ろ姿を見送った。

8

脱走は二度目だった。

もたついて逃げられなくなるのがいやで、今回もスーツケースは諦めた。必要なものだけを詰めたバッグを持って、時計の針と睨めっこをして時間が過ぎるのを待つ。

七時になると、廊下側のドアが小さくノックされ、鍵が開錠される音が聞こえた。メアリーが来てくれたということは、ジョーンズは出かけたのだろう。

凛は念のために七時半まで待ち、覚悟を決めて部屋を出た。

階段を駆け下り、玄関ホールに着くまで、メイドには会わなかった。玄関扉を開けたとき、一台の車がこちらに向かって走ってくるのが見えて、凛はその場で固まった。

ヒューーか、もしかするとジョーンズが帰ってきたのかもしれない。姿は見られてしまっている。扉を閉めて、部屋へ引き返しても間に合わない。

しかし、正面に停められた車から降りてきたのは、ヒューでもジョーンズでもなく、レイフだった。二人きりでは一番会いたくない男だ。

逃げようと踵を返した先に、黒っぽい上下に身を包んだメアリーが立っていた。

「……メアリー？」

「私の言ったとおりに動くなんて、可愛い人ね。怪我したくなかったら、おとなしくレイフの車に乗って」

赤い口紅で濡れた唇が、弧《こ》を描く。メイド服を脱ぎ捨てた彼女は、別人のようだった。

「ようやく会えた。きみに会いたくて会いたくて、ぼくは頭が変になりそうだったよ」

後ろから肩を抱かれて、凛は飛び上がった。咄嗟に振り払おうと肩を捩ったけれど、レイフの腕はがっしりと絡んで離れない。

「……誰か！　助け……っ」

「おっと、ぼくは騒がしいのが嫌いなんだよ」

レイフに背後から口を塞がれ、脇腹のあたりにバチッという衝撃を感じた瞬間、凛の意識は途切れた。

目が覚めたとき、凛は薄汚く狭いフラットの、床の上に転がされていた。

まったく見覚えのない場所で夢でも見ているのかと思ったが、身体が痛く、瞼を擦りたくても腕が動かない。

重い頭で徐々に記憶を呼び起こし、レイフとメアリーが浮かんだとき、完全に目が覚めた。腕が動かないのは、後ろ手に縛られているからだった。

起き上がろうともがいていると、ドアが開いてレイフが入ってきた。

「やっとお目覚めか。待ちくたびれたよ」

レイフは凛の髪を掴み、無理やり上体を引き起こして座らせた。

「……ここは、どこだ。メアリーは？　彼女もぐるだったのか」

「あいつはヒューの弱みを握るために、忍ばせておいたスパイさ。昼間、パンフレットを取りに行ったとき、なかなか帰ってこなかったろう？　ぼくとの作戦タイムだったんだ」

「なら知ってるはずだ、俺を捕まえてももう遅いってこと。今日の昼に、すべての権利を放棄する書類にサインをしてしまったから」

「まったくだよ、この役立たずが！　だから、日本人は嫌いなんだ。親戚だかなんだか知らないが、潤とかいう男も最低だったよ。欲の皮が突っ張ったやつで、取り分は五分だと言いだした。浮浪者みたいな格好したあの男にスーツを着せて、偽の弁護士までつけてやってそれらしくふるまわせてやったのは、誰だと思ってるんだ！」

「……あなたが、潤を？」

凛は呆然とレイフを見た。

「そうさ、彼は約束もなく、ヒューの会社にやってきたんだ。門前払いを食わされそうになっていたところを、ぼくが見つけて事情を聞いた。凛だって言い張ってたけど、偽者じゃないかと疑ってはいた。で、トイレに行っている隙にパスポートを見たら、ビンゴさ。

でもぼくは、彼が偽者でもかまわなかった。ヒューからなにかを奪えるチャンスは、そうそうないからね」

「だけど、ばれた……。アリシアが見つけたって……」

レイフはヒューが経営する企業の関連会社の社長をしており、偽の弁護士に仕立てた男はレイフの会社をセールスでたびたび訪れていたらしい。

「アリシアがぼくの会社に来ることなんてほとんどないし、そのときにちょうどあいつが来ていて顔まで覚えていたなんて、考えられない偶然だったよ」

「じゃあ、彼女はあなたの企みを知ってたんですか？」

「さぁ、どうだろう。ヒューに告げ口されるかと思ってたけど、なにも言わなかったみたいだな。どこかで見たことのある男だった、とだけヒューに言って、ぼくのことは黙っていたようだ。詐欺は未然に回避できたし、ヒューもアリシアも弁護士より偽物に憤っていた。まぁ、母を同じくした兄が、父を同じくした兄を陥れようとしているのに気づくって、なかなかシュールなものがあると思うけど」

一日会って話しただけで、しかも誤解されて逃げられてしまったけれど、凛にはなんとなくアリシアの人となりがわかる。彼女は彼女なりに悩んだに違いない。

彼女にとって、どちらも血のつながった兄なのだから。

「妹を苦しめて、よく平気な顔でいられますね！」

「前に言っただろう？　あの子はぼくの妹って気がしないって。でも、ぼくのことを告げ口しなかったところは、可愛いと思うよ」

「潤とその偽者の弁護士は、どうしたんですか？」

「ヒューに捕まって尻尾を出されちゃ困るからね。ぼくが大枚叩《たいまいはた》いて逃がしたよ。金がなくなれば、戻ってくるかもね。だけど、ぼくからせしめようと思っても、もう無理さ」

レイフはそこで黙って、凛を睨んだ。

「……なぜ」

訊かずにはおれない雰囲気に、凛は吐息のような声で囁いた。

「きみが一番よく知ってるくせに。ぼくが一文無しになったのはきみのせいだ。今までのことが全部ばれたんだよ！　きみがヒューにそうするように仕向けたんだろう」

「……！」

凛にはなにも言ってくれなかったけれど、ヒューはちゃんとレイフのことを調べていたらしい。

「ヒューにばれて会社は追いだされるし、警察がつけまわすから、こんなボロ家に逃げこんで隠れているしかない。ぼくにはきみしか残ってなかった。なんとかして、サインをする前にきみを連れだす機会をメアリーに窺わせていたのに、きみは館どころか部屋からも出てこなかった。サインするまでは部屋から出さないと、ヒューに脅されたんだろう？

相続の権利を持ったままのきみがぼくの手に落ちたら、あの冷静な兄もさすがに慌てるだろうからね」

ヒューが凛を部屋に閉じこめていたわけが、やっとわかった気がした。

彼は凛を信じていないのではなく、凛の身を心配してくれていたのだ。

嬉しくなると同時に、後悔が押し寄せた。なにも気がつかないで、勝手にヒューに失望し、軽はずみなことをしてしまった。

落ちこむ凛の前に跪いたレイフは、髪を掴んで顔を上げさせ、いやらしい笑みを浮かべた。

「今のきみにはなんの価値もないんだけど、このままじゃぼくの気がすまないんだよね」

「なにを……」

「毎晩ヒューに抱かれてるそうじゃないか。初めて寝たのは、ぼくに襲われたあとだろう？　足腰が立たないほどたっぷり可愛がってもらって、男好きの身体になったんじゃないの？」

凛は怒りと羞恥で顔を赤く染めた。館のなかのことは、メアリーから筒抜けなのだろう。汚れたシーツを片づけるのは、メイドの仕事である。

「ぼくが抱くはずだったのに、もったいないことをした。でも、どうしてかな。ヒューのものになったきみのほうが、うまそうに見える」

レイフの顔が近づいてきて、凛は尻であとずさった。

「寄るな……！　俺はヒューのものじゃない。彼は俺のことなんか、なんとも思ってないんだ」

「馬鹿だな、ヒューは初めからきみに惹《ひ》かれてたよ。ぼくに気づかれないように気をつけてたみたいだけど、ぼくはヒューの考えてることはわかるんだ。子どものころからずっと妬ましくて、ずっとずっと兄のことを見てたからな」

「気づかれないように、気をつけてた……？」

「そうさ。ぼくはヒューのものを盗むのが大好きなんだ。大事にしていればしているほど、盗みたくなる。手に入らないなら、壊す。生まれながらにして、なんでも持ってるあのお堅い兄の取り澄ました顔を、一度でいいから歪ませてやりたいんだよ」

ということは、家族になってから一度も歪ませたことがないのだろう。

レイフに遅れを取るようなヒューではないから、凛はそれほど意外でもなかった。

「でも、俺はもうすぐ、日本に帰るんだ。だから……」

「日本に帰ったくらいで、ヒューが諦めるもんか。ヒューの隣の部屋で寝てるんだろう？　あそこは代々、当主の妻が住まう部屋なんだ。ヒューは今まであの部屋に誰かを泊めたことはないよ。ぼくにとってはますます嬉しいね。当主の妻を汚してやれるなんて」

「いやだ……！」

悲鳴をあげたのと、床に突き飛ばされたのは同時だった。

頭を打って呻いている間に、レイフが乗り上がってくる。縛られた両腕が下敷きになって、痛くてたまらなかった。

「放せっ、俺に触るな！」

「暴れると、ぼくも乱暴になっちゃうよ。誰も助けに来ないんだから、おとなしくして。怪我したくないだろう？」

レイフの両手がシャツを掴み、勢いよく左右に開いた。ボタンが弾けて、胸元が露になる。

「いやだ！　退けよ、くそっ！」

罵って脚をばたつかせる凛の顎を、ものすごい形相《ぎょうそう》をしたレイフが掴んだ。

「サウスウッド・ハウスで初めて見たときは、こんな色じゃなかった。ヴァージンピンクで、大きさだってもう少し小さかった。そうだろう」

「……っ」

乳首の変化を詰られた凛は、震えて声も出せなかった。

「あんなに清楚《せいそ》で可愛かったのに、男に吸われ慣れた色に変わってる。まだ一週間も経ってないじゃないか。いったい、どんな吸い方をすればこうなるんだ？　ヒューがどんなふうに可愛がってくれるのか、ぼくにも教えろよ」

逃げようとしゃにむに動かした凛の脚が、そばにあった小さなテーブルを蹴ったようだ。今にも乳首にむしゃぶりつきそうだったレイフの背中に、大きな音を立ててぶつかる。

「痛っ！」

レイフは呻き、凛を睨んだが、ドアの外からメアリーの金切《かなき》り声が聞こえてきて、はっと動きを止めた。

腰の上に乗ったレイフを、凛は振り落とそうともがく。

そのとき、すさまじい音と同時にドアが蹴破られた。

飛びこんできたのは、今度もヒューだった。

背筋が凍るような厳しい形相で、ヒューはレイフを凛の上から引き剥がし、部屋の隅にゴミのように投げ捨てた。ヒューのあとから入ってきたのは、制服姿の警官である。

彼らはレイフをうつ伏せに押さえつけ、手錠をかけた。

「大丈夫か、凛。痛むところは？」

ヒューに抱き起こされて、ゆるゆると首を横に振った。

こんなときに現れてくれるから、絶対に凛を助けてくれるから、普段はどんなに冷たくても、凛は彼の腕を取ってしまうのだ。

腕を縛っていたロープを解いてもらい、ヒューの温もりが残る上着に包みこまれると、力が抜けて逞しい胸にもたれかかってしまう。

ヒューは凛を抱き寄せたまま、青い顔をして床にへたりこんでいるレイフを見た。警官が立たせようとするのだが、身体に力が入らないようだった。

「お前は私の弟だ、レイフ。なんとか穏便《おんびん》に片づける方法を探そうと努力したが、二度も凛を危険な目に遭わせたことを見逃すわけにはいかない」

「……へっ、ぼくから金も地位も奪っておいて、なにが穏便だよ」

「そうなる前に、やめておくべきだったんだ。私はとことんまでお前と戦う用意がある。母とアリシアに泣きついても無駄だぞ。私が稼いで増やした財産があるからこそ、彼女たちはメイドつきでサウスウッド・ハウスに住めるのだ。お前に私の代わりは務まらないし、私は自分を当主として認めないものの面倒までみる気はないと、はっきり彼女たちに告げてある。血のつながった息子は愛しかろうが、今までの暮らしを捨て、無一文になることも厭《いと》わずに罪を犯した息子の味方をするほど、母が愚かかどうか考えてみるがいい」

ヒューの声は冷たいナイフのようだった。

呆然として言葉もないレイフを引き立てて、警官たちが部屋を出ていく。扉の向こうでは、メアリーが同じように手錠をかけられ、警官に連行されている。

ようやく、終わったのだ。

恐ろしい危機が去り、凛は肩を抱いてくれるヒューの胸に顔をすり寄せた。

9

サウスウッド・ハウスに戻るのかと思っていたが、ヒューの運転する車はロンドン市内を走っているようだった。

助手席に座って流れる景色を見ていると、街中を走っていたはずなのに、不意に公園のような庭が広がっている道に出て、一軒の見事な邸宅の前でヒューは車を停めた。

「ここはどこですか？」

「ベルグレイヴィアの私の家だ」

「一人で住んでらっしゃるんですか？」

「家族という意味なら、一人だ。執事とメイドは雇っているがね。だが、今夜は客がいる。どうしてもきみに会いたいと言うんだ」

「俺に？」

エンジンを切った車のなかで、凛はヒューの横顔を見た。

「あんな目に遭ったんだ。疲れているから、明日にしてくれと言えば、それで通る。どうする？」

凛はなんとなく、警察だろうかと思った。

疲れてはいるが、ヒューともほとんど話をしていない。眠くもなかったので、凛は頷いた。

「大丈夫です。ただ、着替えがあれば、貸していただきたいんですけど」

凛は借りたままの上着の前を、両手できゅっと閉じ合わせた。

「もちろんだ。私のものでは大きいだろうが、我慢してくれ。朝になって店が開けば、誰かに買いに行かせよう」

ヒューはそう言いながら、運転席から身を乗りだし、上着を掴んでいる凛の手を包みこんだ。温めるように、目に見えないなにかから庇うように、そっと。

「いやなことをされたのか、レイフに」

「いいえ……、されそうになったけど、あなたが来てくれたから。サウスウッド・ハウスでの第一次被害に比べたら、無傷みたいなものです」

凛はできるだけ明るく言おうとした。

サウスウッド・ハウスで襲われたときは、裸にされて、性器まで弄られていたのだ。今回のほうがましだったのに、どうしてこんなに怖いと思っているのだろう。

「手が震えている」

ヒューは凛の顔中に小さなキスを降らせ、唇に少し長めに口づけた。

凛が抵抗せずにいると、上着とシャツをはだけられた。

「さ、触られて、ません……。本当です」

「わかっている。だが、怖かったろう」

叶息がくすぐったすぐあとで、ヒューの温かい唇が凛の素肌を這っていく。鎖骨を舐められ、レイフに言葉で散々辱められた乳首を舐め上げ、ちゅっと吸ってくれた。

右も左も同じようにされて、凛はヒューの頭を抱えこんだ。官能に狂わせようとする触れ方ではないので、気持ちいいのに、落ち着いてくる。

レイフの視線に晒された場所を、ヒューが唇で清めてくれているのだ。時間をかけた穏やかな触れ合いを、凛は心からリラックスして楽しんだ。

レイフは最低な男だが、いいことを教えてくれた。ヒューが傲慢な人でなしだと思っていたのは、凛の勘違いで、ヒューはそれなりに凛のことを大事に考えてくれているらしい。

嬉しいと思うのは、凛がヒューを好きだからだ。

最初のときよりレイフの手を恐ろしく感じたのも、ヒューの存在と彼への想いが凛のなかで大きくなっていたから。

「あなたでないと、いやだと思いました。俺の身体に触れるのは、あなただけがいい」

「当たり前だ。きみをこんなに美しくしたのは、私だ。もう二度と、私以外には触らせない。絶対に」

厳かな宣誓《せんせい》ののち、もう一度唇にキスをして、ヒューは離れた。

　先に車を降りて助手席側にまわりこみ、降りようとしている凛の手を引いてくれる。お姫様扱いをされているようで、恥ずかしくもあり照れくさくもあったが、今日くらいはいいかと思う。

　玄関前の階段を上がり、ドアを開けたところで待っていたのはアリシアだった。

　アリシアに居間で待ってもらい、凛は着替えをすることにした。替えの服を出してもらえれば、一人でできると言ったのだが、ヒューは凛から離れようとしなかった。

　彼が凛にくっついてくるのは、監視する意味か、セックスを楽しみたいかのどちらかだと思っていたので、このように心配されるのはとても嬉しい。

「レディ・アリシアも怒ってないみたいで、よかったです」

　凛は微笑んで言った。驚きのあまり、ドアのところで立ち尽くした凛に、アリシアは抱きついてきたくらいなのだ。

　事情が掴めず、なすがままの凛と歓喜しているアリシアの抱擁《ほうよう》を、べりべりと引き剥がしてやめさせたのは、ヒューだった。

「きみが来て三日目の朝、アリシアが急にロンドンへ帰ったのは、母のキャサリンに呼びだされたからだそうだ」

鏡の前で大きな服の袖をまくり、なんとか格好をつけていると、ヒューが真相を教えてくれた。

「レイフが嘘をついてたんですね」

凛はくるっとヒューを振り返った。

「そうだ。アリシアはレイフがきみに言ったことを知らないんだ。責めないでやってほしい」

「もちろんです。あなたはいつ、それを知ったんですか？」

「きみが深夜の森林浴を敢行《かんこう》する前だ。アリシアに電話をして訊いた。きみを抱いたあとでは、レイフの虚言だとわかっていたが、確認のためにな」

「……！　そんな前から知ってたのに、俺には教えてくれなかったんですか？　あれからだって、レイフのことも彼女のことも誤解だって、俺は何度も言いましたよね？　あなたが信じてくれてないみたいだから、ちゃんとわかってもらわなきゃって。知ってたのなら、どうして……！」

「さぁ、どうしてだろうな」

食ってかかる凛を、ヒューはしれっとした顔でいなした。

下劣な誤解を受けて、凛がどれほど悩んでいたか、ずっとそばにいて知っていたくせに、この態度である。

助けに来てくれたときの必死な形相と、さっきの車のなかでの優しい愛撫で、凛はヒューをかなり見なおしていたのだが、なんだか不安になってきた。

「用意ができたなら、来なさい。さっさとアリシアを片づけて、きみと二人になりたい」

「……！　はい！」

冷たいのか甘いのか、よくわからない。それでも、凛は部屋を出ていくヒューのあとを、早足で追いかけた。

居間に入ると、アリシアは変わらない笑顔で迎えてくれ、レイフのしでかしたことを謝るときは、その美しい顔を曇らせた。

「はっきりしたことは、わからなかったの。半年前にあなたの又従兄弟と一緒にいた偽弁護士とレイフに、なにかつながりがあるような気はしたけど、確証はなかった。レイフが私たちを裏切っているなんて、考えたくなかったのかもしれない。あのとき、躊躇《ためら》わずにヒューに言っていれば、凛にこんな迷惑をかけなくてすんだのに。あなたに取っていた態度の悪さを思い出すと、自分が恥ずかしくて情けないわ。ごめんなさい」

「あなたのせいじゃありませんよ。半年前のことはレイフがお膳立てをしたそうですが、潤が卑しい目的を持ってこちらに来たのも事実です。俺のほうこそ、あなた方の生活を脅かして、申し訳なかったと思っています」

「相続放棄の書類に、サインをしてくれたんですってね。どうもありがとう」

「ちょっと拗れましたけど、最初からそのつもりでしたから。百年後にこんな騒ぎになるなんて、ウィリアムは思わなかったでしょうね」

凜の何気ない感想に、ヒューが割りこんできた。

「どんな結果になるかくらい、想像できたに決まっているだろう。自分自身が遺言を残す段階で、弟を殺す殺さないで揉めたんだぞ。穏便にすむわけがない」

「あ、そうですよね。たとえ遺言があっても、住んでる人に、財産を半分置いて館を出ていけなんて、普通の神経では言えませんよ。直系の子孫にそんなことをさせたかったんでしょうか、ウィリアムは」

「ウィリアムはただ、幸せにできなかった家族に、なにかしてあげたかっただけなのよ。彼が遺そうとしたのは、愛だわ。私はそう思うの。だって、お金やイギリスでの生活の拠りどころとなるサウスウッド・ハウスを遺す以外に、ウィリアムにはなにもできなかったんですもの」

アリシアはそう言って、凜を真っ直ぐに見つめた。

「だから、本当はウィリアムが遺した誠意とか愛情を受け取る権利が、高木戸家の人たちにはあると思うの。とはいっても、私たちもサウスウッド・ハウスを愛しているから、追いだされたくなくて、あなたに酷いことを言ってしまったし、結局は権利を放棄させてしまったんだけど」

「なにを言っても今さらだ。同情と共感の余地があっても、私たちのすべきことに変わりはない」

やることをやったあとで、罪悪感がないこともなかった、などと打ち明けることに意味などない。

鋭く冷たい指摘を兄から受けて、アリシアはしょんぼりとうなだれた。

ヒューは事象が持つ曖昧《あいまい》さに甘えず、白か黒かをはっきりさせるタイプだった。濃淡かまわずグレーの部分を排除するから、迷いがない。

傲慢で我儘《わがまま》で頑固で意地悪で融通《ゆうずう》が利かず、人から恨みを買いやすいだろうが、その迷いのなさは彼の魅力のひとつだと思う。少なくとも、凛にはそう感じられた。

ヒューに惹かれているがゆえの、贔屓目《ひいきめ》かもしれないが。

「ごめんなさい、凛。不愉快だったかしら」

「いいえ、維持が大変な館も、増やさなければ減っていく一方の財産も、そのような地位に生まれて、それを受け継ぐように育ってきた人にこそ、ふさわしいものです。俺たちとは責任も覚悟も全然違います。でも、あなたの優しい気持ちは一生忘れません、レディ・アリシア」

「まぁ、凛。称号はつけないで、アリシアと呼んで。私たち、遠い遠い親戚で、もうお友達だわ」

凛とアリシアは見つめ合って、微笑んだ。彼女としゃべっていると、ほんわかといい気分になって癒《いや》される。

理解し合える穏やかな話し合いというものを、ようやく思い出せた気がした。

ほっと息を吐いたアリシアは、冷めてしまった紅茶を一口飲んだ。

「それでね、帽子のことを覚えてる？　私、本気なの。どんな帽子がいいか、一晩中考えてたのに、翌日、母に呼ばれてロンドンに戻ることになってしまって。母のチャリティパーティの手伝いをさせられて、解放されたのは二日後だったのよ。凛は日本に帰ってしまったと思っていたのに、まだサウスウッド・ハウスに滞在してるとヒューから聞いたときは、嬉しかったわ」

「来てくだされればよかったのに」

「私だって、すぐにでも行きたかったけど、ヒューが来てはいけないと言うんだもの」

「どうして、そんなことを？」

凛はついつい、ヒューを睨んでしまった。

誤解だったことを凛に教えてもくれず、アリシアが来ることも拒むなんて。凛を悩ませ、苦しめるためだったとしか思えない。

「あのときは大変な時期だった。きみはまだ、サインをしていなかったんだぞ。私たちにはやらねばならないことがあったし、呑気《のんき》に帽子に費やす時間などなかった」

「……！」

凛の肩が動揺で揺れた。やらねばならないこと、それはセックスだ。しかし、アリシアの前で赤くなってはいけない。軟禁されて、昼も夜もヒューに抱かれつづけていたことを、彼女に気づかれてはいけないのだ。

平静を装い、凛は訊ねた。

「じゃあ、サインもしたし、仕事もしないといけないので、アリシアの帽子を作らせてもらっても、かまいませんよね？」

ヒューはため息をついた。

「駄目だと言ったら、二人がかりで責められそうだな。仕事にかかるときは、私も呼んでくれ。帽子がどのようにしてできるかなど、気にしたこともないからな」

「……どうしたんですか？　なにか悪いものでも食べたんじゃ……」

「きみの仕事ぶりを見てみたいだけだ」

帽子のことなんてまったく興味がなかったのに、どういった心境の変化だろうと、凛がいぶかしんでいると、アリシアがおかしくてたまらないように笑いだした。

「違うわよ、凛。私、わかったわ。ヒューは凛を独り占めしたいのね。私といると凛が楽しそうだから、焼きもちを焼いてるんでしょう」

「俺がアリシアを誘惑するんじゃないかと、心配してるんですか？」

「逆よ、逆！　私が凛にベタベタするのが気に入らないの。ヒューは独占欲が強くて、一度夢中になったら、ずっと夢中なのよ。本はぼろぼろになっても手放さないし、チェスや乗馬もそう。自分が完璧だとわかるまで、やめたくないんですって。ヒューが帽子に夢中になってくれたら、私も嬉しいんだけど」

一瞬、ヒューと凛の関係がばれてしまったのかと思ったが、アリシアの言葉にそれほど深い意味はなかったようだ。凛に、というより、凛のデザイナーとしての才能に興味を持っていると思ったのかもしれない。

「そうですね、帽子はこれで終わりっていうのがありませんから。好みはもちろん、その日の衣装に合わせて替えるものでもあるし。女性が頭に被っているのが、ただ縫い合わせて飾りをつけただけの色布でないってことを、ヒューがわかってくれる日が来るよう、俺も祈りたいです」

ヒューは苦虫を噛み潰したような顔をし、アリシアは淑女にあるまじき大笑いをした。

「凛はすごいなって、私は最初から思ってた。だって、臆《おく》せずにヒューと話ができて、なおかつそこまで言える人は珍しいもの。私は雌虎とか呼ばれているけど、凛は勇猛で頭のいい狼《おおかみ》みたいよ。見た目はチワワっぽいけど。目が大きいんですもの」

「……」

褒められている気がしなかった。

「アリシア、せめてポメラニアンにしておきなさい」

「……」

ランクアップされた気もしなかった。失礼なことを言わずにはいられないこの兄妹の血は、間違いなくウィンベリー伯爵家に脈々と受け継がれている性質だろう。

言葉を失った凜に、ヒューがしたり顔で言った。

「そんな間の抜けた顔をするな。私はこう見えて、小さな生き物に優しい」

アリシアはついに身体を折り曲げて笑いだし、それはなかなか止まらなかった。


凜がヒューの寝室に連れていかれたのは、夜中の三時をまわっていた。

ヒューから連絡を受け、すべてを知らされたアリシアは、凜に冷たく当たったことや、レイフがしたことを謝りたいのと、帽子の件を再確認するために、ここに来て待っていたらしい。

今夜はゲストルームに泊まって、明日には母親と暮らしている自宅へ帰ると言っていた。

シャワーを浴びさせてもらった凜は、ヒューのベッドで、ヒューに背後から抱かれて座っていた。腹の前で大きな手が組まれ、背中はぽかぽかして温かい。

「話は明日でもできる。疲れているなら、休みなさい」

ヒューはそう言ってくれたけれど、凛は彼に訊きたいことがあった。

「どうして、俺があそこにいるってわかったんですか?」

「レイフの行動を監視していたからだ。きみを暴行しようとした一件以来、さすがの私も、きみと義弟のどちらが信用に足る人物かということを、考えざるを得なかった。レイフについて調べてみたところ、半年前の偽者の件にも関わっていることがわかった。というより、レイフがすべてのお膳立てをしたようなものだった。義弟は自分の計画を友人たちにも自慢げに話していて、口止めもしていなかった。情報収集は楽だったが、あまりの愚かさに呆れ果てた」

凛は口を挟まず、自嘲気味に話すヒューの手を慰めるように優しく撫でた。

「ほかにも、私の目が届きにくいのをいいことに、子会社の重役を兼任して報酬を騙し取っていたり、特定の社員を優遇していたり、調べれば調べるほど出てくる。おまけに、レイフがサウスウッド・ハウスのアンティークを勝手に持ちだし、売り払っていたのも、レイフだった。愕然としたよ。きみの又従兄弟にはとんだ濡れ衣だ」

潤が盗んでいたわけではないと知って、凛はほっとした。

彼のやったことは最低だが、罪は少ないほうがいいに決まっている。

「義弟がそんなことをするなんて、普通は考えもしませんよ。あなたが悪いんじゃありません」

ヒューが凛のうなじにキスを落とした。

「きみは優しいな。私にとっても義弟だし、義母の気持ちを思うと、自宅謹慎でも申しつけて反省させるべきかと考えた。しかし、彼は二度も私を陥れ、きみにも危害を加えようとした。ここで見逃せば、また同じことをするかもしれない。法的に裁かねばならないと決意して、私は彼を解雇《かいこ》し、銀行から金を下ろせないように画策《かくさく》した。レイフは私が警察を動かしたことを知って、逃げだしたんだ。自宅にもいられず、あのフラットに潜伏《せんぷく》していたらしい」

「そのことを、どうして教えてくれなかったんですか」

凛は強い不満を感じて、文句を言った。

「きみはサインをしないと頑張っていたし、どうやら、館にレイフと通じているスパイがいるようだから、それが誰かを突き止める必要があった。結局、メアリーだとわかったのは昨日のことで、きみが拉致《らち》されるのを止められなかったのは、申し訳なかったと思っている。レイフの潜伏先も突き止めきれず、後手後手にまわってしまった。きみをさらいにサウスウッド・ハウスへ向かったレイフを警察が発見して、ようやく見つけることができたんだ」

「俺が相続権者であるかぎり、俺につきまとうって、レイフに言われたんです。あなたはそのことを知っていたから、俺にあんなにサインをするように迫ったんですか？」

「ああ、そうだ。私に切り捨てられたレイフは、きみが相続権を持っているかぎり、きみを狙いつづける。メアリーはレイフよりもよほどやり手で、ジョーンズにもなかなか尻尾を掴ませなかった。きみを守るには部屋に閉じこめて、私かジョーンズが一緒でなければ、メイドと二人きりにさせることもできなかったんだ」

「言ってくれれば、サインしたのに。それに、俺を日本に帰せば、部屋に閉じこめるより安全です。なぜ、黙っていたんですか？」

ヒューはぎゅっと凛を抱き締めてきた。

「……きみを、引き止めておきたかったからだ。レイフに注意をしろと、怒りながら私の心配をしているひたむきなきみを、私のそばに置いて見ていたかった」

「見ていたかったって、俺は本気で心配してたんですよ！」

「心配してくれるわりに、私の恋人にはなりたくなさそうだったし、これはもう、毎日抱いて、抱き尽くして、きみの身体が私なしではいられないようにするしかないと、なかば本気で考えていた」

凛の顔が、耳まで真っ赤になった。

ストレートな告白ではないけれど、なんだか、彼にものすごく求められている気がした。

濃密なセックスは、凛をつなぎ止めるための彼なりの努力であり、凛が想像していたような、目新しいおもちゃを得て欲情を発散させるための行為ではなかったのだ。

「……なにもかもを、私がもっと注意しているべきだった。それに、きみにこんな話をしたくなかった。レイフのこともきみに知られないよう、もっとスマートに事が運べればよかったよ」

「どうしてですか？　俺が来たからこんな大事《おおごと》になったのに、なぜ隠そうとするんです？」

凜は身を捩り、ヒューを睨んで詰め寄った。

「身内の恥を晒したくなかったんだ。血はつながっていないが、あれでも弟で、アリシアの兄だから。きみは百年前のロマンスという美しいものを期待して、サウスウッド・ハウスに来たんだろう？　私たちはそれを台無しにし、家と財産を失いたくないがために、なんの野心もなかったきみにつらく当たった。いつも真っ直ぐに私を見つめるこの大きな黒い瞳に、これ以上醜いものを見せたくなかった。……結局、見せることになってしまったが。私はきみを失望させてばかりだな」

低い囁き声には、隠しきれない深い悔恨《かいこん》が滲んでいる。

ようやく心を許し、本心を明かしてくれたヒューの姿に、凜は心打たれずにはいられなかった。

彼の不可解な行動の謎は、やっと解けたのだ。サインを迫ったのは凜の安全のためで、最終的に彼は凜のために弟を法的に裁く決断を下し、警察に委《ゆだ》ねた。

貴族のスキャンダルはゴシップ紙の格好のエサなのに、ヒューはなにも言わずに耐えるつもりなのだろう。いつものように、毅然《きぜん》として。

アリシアを遠ざけていたのは、おそらく独占欲のせいで、凛を憎からず思っているということにほかならない。

凛はもぞもぞと身体を百八十度回転させ、ヒューの腰を両脚で挟んで向かい合った。

「今日、レイフが言ってました。お兄さんの持っているものが欲しいんだって。あなたの持っているものが、あなたにとって大事であればあるほど、それを盗みたくてしょうがなくなる。相続権を放棄した俺にはなんの価値もないけど、あなたを不愉快にさせるために拉致したって」

ヒューは意外そうな顔もせずに、頷いた。

「レイフは子どものころから、そういうところがあった。母の連れ子で、父は彼を愛していたが、伯爵家の跡取りとしての教育を受けてきたのは私だけだった。仕方がないことなんだが、差別されたと感じていたのかもしれない。私を不愉快にさせたかったのなら、彼は成功したな。フラットのドアを蹴破って部屋に踏みこんだときの私の顔は、悪魔のように見えただろう。あそこへ行って、きみの無事を確認するまで、生きた心地がしなかった」

背中と腰にまわされた腕で力強く抱き締められて、凛は微笑んだ。

飛びこんできたときのヒューの恐ろしい顔は、凛ももちろん覚えている。だが、凛には同時に、守護天使みたいに頼もしく思えたのだ。

「俺、日本に帰ろうと思って、館を出たんです。あなたから逃げたくて。だって、恋人同士になったっていう実感なんてまるでなかったし、契約書にサインをしたのに、あなたは俺を閉じこめたまま帰してくれないから。それに、愛人でも囲うみたいに仕事を援助するって言われて、腹が立ったんです」

「私ときみの親密な関係は、レイフを逮捕するまでは隠しておいて、館のスパイにも悟られたくなかった。本当は、きみを抱かないほうがよかったのだと思う。きみが私にとってとても大事なものだと、レイフにだけは教えてはいけなかった。だが、我慢できなかった。私のものにせずにはいられなかったんだ。きみを恐ろしい目に遭わせたのは、私だ。許してくれ」

ヒューの謝罪は二度目だった。

自分の非をなかなか認めようとしない男が、自発的に口にしたのは進歩だが、すぐに許しては彼をつけ上がらせるだけだと、凛はさかしく考えた。彼のような男とつき合うには、凛のほうにも工夫が必要なのだ。

「……いやです。許せません。あなたはまだ俺になにも言ってくれてない。サウスウッド・ハウスでは喧嘩の途中で出ていってしまったし」

「本当に時間がなかったんだ。それに、言っただろう。きみの仕事をバックアップするから、イギリスに来なさいと」

「そんなのはただの命令です。帽子のなんたるかもわかっていないあなたに、仕事を援助してもらうのは不安があります。あなたは俺が帽子を作ってようが、なにをしてようが関係ないと言ったんですよ。そんな無責任なことがありますか。俺を侮辱するのもいい加減にしてください」

あのときのショックと憤りを思い出して凛が責めると、ヒューは珍しく困り果てた顔で弁解した。

「侮辱などしていない。きみが私と一緒にいてくれるなら、なにをしていてもかまわないんだ。帽子を作りたいなら、そうすればいいし、べつなことがしたいなら、私もきみのためにできるかぎりのことをする。きみのしたいことなら、私は必ず叶えてみせる。そういう意味だ。たしかに、帽子は頭に被るもの、くらいの認識で、まぁ、あまり興味深いわけでもないのは事実だが、きみを援助するために私が帽子のエキスパートにならねばならない、ということはないはずだ」

「帽子でやっていきたい俺に、売れなくてもかまわないっていうのは、あんまりじゃないですか」

「真面目《まじめ》なきみはきっと、援助をした私の期待に応えようと、無理をするに決まっている。

売れてようが売れてなかろうが、どのみち私に帽子はわからないのだから、焦る必要はないと言いたかった。ゆっくりときみの思いどおりに進めばいい」

もしかしたら、ヒューは自分に甘すぎるのではないかと、凛は思った。

凛の才能を認めてくれているわけではないが、彼は帽子のことを本当にわかっていないので、凛がどれだけやれるかという可能性を信じろというのは、無理なのだ。

しかし、それは徐々に凛が教育していけばいいし、実績を積んで世間が認めれば、彼も認めてくれるようになるだろう。

まるっきり売れない方向で予測しているのは釈然としないけれど、彼の過保護は悪くない。

「……それならそうと言ってください。わかりにくすぎます。わかりにくすぎて、あなたに腹を立てて、サウスウッド・ハウスを抜けだした挙句にこんなことになったんですよ」

「きみを軽はずみな行動に駆り立てるのは、私だと言いたいんだな」

「それがいやなら、わかりやすいように変えてください。でないと、この先もいろいろと誤解しそうな気がします」

「私の性格だ。努力はするが、約束はできないな。私が変わる前に、誤解したきみをなだめる楽しみを見出せるかもしれない。どっちになっても、きみの面倒は私がみる。だから、早く私を許してくれないか」

焦りの見えるヒューに、凛は余裕で微笑んだ。

冷静な男を追いつめる機会などそうそうないから、今のうちに楽しんでおかなければ。

「……惜しいけど、まだ駄目。俺が欲しい言葉を言ってくれなくちゃ」

「なにを言ってほしい？」

凛は唇を尖らせ、ヒューの胸を拳で軽く叩いた。

「ズルをしないでください。あなたが考えた、あなたの言葉でないと意味がありません」

「凛、どうか日本に帰らないでくれ。百年前に離れ離れになった恋人たちのお伽話を完結させるために、ウィリアムと宮子がきみをここへ連れてきて、私に会わせてくれた。きみのお節介《せっかい》なところと、誇り高いところ、私を恐れない向こう見ずな性格に惹かれたのかもしれない。誰にも渡したくない。愛しているんだ、きみを」

完璧だった。ヒューの口から、こんな言葉を言って求めてもらえるなんて、夢のようだ。

胸がいっぱいになった凛は、涙となってこみ上げてくる感激を抑えきれず、ヒューにしがみついた。

「俺も……っ、あなたが好き」

凛が危ないときに助けに来てくれるのは、偶然などではない。凛をいつも気にかけてくれているから、彼は危機的場面に即座に登場できるのだ。

そんなふうに自分を見守ってくれていた人を、好きにならずにはいられない。

凛の嗚咽が止まるまで、ヒューはしっかりと抱き締めてくれ、涙と弾んだ息が収まると、二人は吸い寄せられるように、深く口づけた。

愛している人に、愛されていると実感しながら交わす行為は、言葉にならないほどの感動を凛にもたらした。

互いの身体を確かめるように触れ合い、ひとつになって溶け合った。

ヒューは愛情の証を凛のなかにたっぷりと注ぎこんだあとも、そこに居据わりつづけて、出ていこうとしない。

つながったまま、正常位だった体勢をひっくり返されて、凛はヒューの身体の上にうつ伏せになっている。離れないのは、きっとすぐに二度目が始まるからだと、予測はついていた。

なかに入っているヒューの性器は、達していてもまだ充分な硬さを保っている。凛を休ませるために、こうしてくれているのだろう。

神経を使った脱走計画につづいて拉致被害に遭い、凛の身体は自分で思っていたよりも疲れていたようだ。このまま眠ってしまいたい気もするが、ヒューに抱かれて愛されてもいたい。

「……んっ」

うつらうつらしていたとき、ヒューの手が労わるように背中や腰を撫でてきて、凛は小さく喘いだ。余韻《よいん》の残る身体は、それだけの刺激でも感じてしまう。

凛はヒューの首元に顔を埋めたまま、もごもごと伝えた。

「あの、もう平気です」

二回目を始めてくれてかまわない、などとはっきり言うことができないので、そんなふうに誤魔化した。

けれども、ヒューは両手で凛の尻を柔らかく揉んでいるばかりで、動こうとしない。つながっているから、尻を触られると結合部に微妙な刺激が加わり、落ち着いていた凛の身体に愉悦の種が芽吹《めぶ》いてくる。

「……ヒュー？」

凛が仕方なく顔を上げると、エメラルドの瞳がひたと凛を見つめていた。

「きみは、私のどこを好きになってくれたのかな」

ヒューはまったく手を止めずに、真面目な顔で言った。

「こ、こんなときに訊くことですか……！」

「こんなときだからこそだ。自分で言うのもなんだが、私はきみに酷いことばかりしていたからな。きみに愛される要素があるなら、教えてくれ」

ヒューの尻の揉みこみは、段々と大胆になってきていた。

真ん中に開けられた淫猥な穴で包みこんでいるヒュー自身を、尻の肉全体で挟むように両側から押されたり、左右対称にまわし揉んで肉棒と肉襞の接触を強めたりしている。

「あ……ん、そんなことされたら、は、話せない……」

凛が苦情を言うと、ヒューは動かすのをやめた。

「さぁ、言いなさい」

「あ、あなたは捻くれてるからわかりづらいけど、優しいです。アリシアに焼きもちを焼いているところなんて、大好き……」

「よりにもよって、そこか」

「あっ！　あっあっ……！　ま、待って、あぁ……んっ！」

急に激しく下から突き上げられて、凛ははしたない声で喘いでしまった。

自分の体重で押しつぶしている性器が苦しくて、ヒューの身体を挟んでシーツに手をつき、震える腕を伸ばす。

この体勢は初めてだった。いつもよりも、ヒューが深いところに届いているような気がする。

それに、今夜は二度目で、なかにはたっぷりとヒューの精液が残っているのだ。敏感になっている肉襞は、きゅうっと締まっているはずなのに、恥ずかしいほど滑りがいい。

肉が擦れ合う濡れた音を響かせながら、凛が本格的に悦楽の世界へのめりこみそうになったところで、ヒューはぴたりと動くのをやめてしまった。

「あぁっ、なんで？　このままもっと……！」

赤い顔で責める凛の尻を、ヒューはぱちんと叩いた。

痛くはないが、そんな行為にすら、感じてしまう。

「私が求めている言葉を言えたらな」

謝る彼を、なかなか許さなかったことに対する仕返しだと気がついた。嫉妬深いと言われたことも気に入らなかったに違いない。

ヒューが求めている言葉とは、なんだろう。

褒めれば、機嫌がよくなるのはわかっているが、決定打がどれか、凛にはわからない。

おまけに、熱い身体を持て余し、もっと強い刺激を求めているときに、深い考えなど浮かぶわけもなく、凛は意地も張らずに降参した。

「んっ、んぅっ、あとで……あとで言うから、今は許して……お願い」

「では、今はなにをしてほしいんだ？」

「……っ！」

「欲しいものを言いなさい、この唇で」

しなやかな指で唇をなぞられて、凛はぶるりと震えた。

「あ……あなたの、くっ……あなた、の……っ」

熱に浮かされたような頭でも、言葉にするのは猛烈な恥ずかしさがあった。背中を丸めて俯き、ヒューから顔を隠す。

「私の、なんだ？」

「……こ、これ」

凛は短く代名詞で言い、ヒューの屹立を包んでいる後孔を絞るように締め上げた。気持ちがよくて、ひとりでに腰が動いてしまいそうだ。

「これなら、きみのなかにもう入ってる。すでに、きみのものだろう？」

「……はぁ……ぅっ！」

伸ばされた指に結合部を撫でられて、凛は仰け反った。

この逞しい剛直が凛だけのものなら、本当に嬉しい。だが、これは動いてくれてこそ、真価《しんか》を発揮《はっき》するのだ。

凛はぎこちなく腰を揺すり、動かない肉棒を内壁で揉みこんだり、奥へ誘うように締めてみたりして、精いっぱいの意思を肉体で示した。

しかし、ヒューはがっちりと凛の腰を掴んで、動かせないようにしてしまった。抵抗すればするほど、中途半端なもどかしさが募《つの》り、余計に欲しくなってしまう。

ヒューの激しい律動が。

抱かれる喜びを知った凛を、猛々しいほどの腰の動きで、思うままに可愛がってほしいのだ。

「ああ……っ！　もう、だめ、お願い……ヒュー、お願いだからっ」

「どうしてほしい？」

我慢も限界に達し、シーツをぎゅっと掴んだ凛は、涙交じりについに恥ずかしいことを言った。

「う、動いて……ください。いつもみたいに、俺を気持ちよく、して」

「私が動くと、そんなに気持ちいいのか」

ヒューが一度だけ軽く突き上げてきて、凛は激しく身悶えた。

膨らんだ先端が奥まで届いているのがわかる。腰が痺れて蕩けそうになるくらい、気持ちよかった。

「……っ、やっ！　あ……もっと強く、もっと奥まで突いて！　……いやだ、いやらしいこと、言わせないで……！」

正気では口にできないことを、口走っている自覚があった。

なにを言っているか理解しながら、せめて動かせるところだけでも動かそうと、内部の粘膜がヒューのつれない性器にねっとりと絡みつく。

「きみのおねだりは可愛いな、凛。もっと言わせたくなってしまうよ」

「意地悪は、いやです……。あなたの、これで……俺を擦って。いっぱい、して」

「私が好きか？」

「好き……！　全部、好き……っ」

そう言った瞬間、ヒューが身体を起こし、座って正面から抱き合う格好で、勢いよく腰を突き上げ始めた。

ヒューの両腕は凛の腰まわりを掴んで、突き上げる動きに合わせて、上下に揺すっている。

「あっ、ああっ、あっ」

強制的に与えられる快感の強さに、凛はつづけざまに声をあげた。ヒューの首に両手でしがみつき、もっと深い交わりを求めて、背を反らす。

するとヒューは、凛の背を抱いて後ろに押し倒し、そのまま仰向けに寝かせた。

馴染んだ体位に安心する凛に、容赦なく腰が打ちつけられた。

「あうっ、いい……っ、ヒュー、それ、いいっ……」

太くて硬いものが、凛のなかを出たり入ったりして動いている。ヒューの形を覚えたくて、肉襞を絡ませるのだが、快感に呑まれてしまってうまくいかない。

「もっと求めてくれ、私を。欲しがるだけ、与えてやる。私はきみのものだ」

「……っ！」

激しい律動のさなかの独白のような呟きに、凛はどうしようもなく燃え上がった。

身体のうねりを止められない。彼が凛のものなら、凛も彼のものになりたかった。身体中を彼で満たされたい。

「もう、だめ……っ、もういく、あぁ……っ」

「凛……！」

ぎゅうっと締めつけた凛の奥深くで、凛の名を呼びながら、ヒューは熱い精液を放った。

「んっ……」

満たされていく感覚のなか、凛もまた達してしまう。

イギリスに行く前は、ほんの少し、遠くからでも見られたら運がいいと思っていた伯爵に抱かれ、愛されている。

いろんなことがあったが、凛だけを真っ直ぐに見つめてくれる貴石のような瞳を見ていると、たとえようもなく幸せな気分になれた。

彼のそばにいたいし、夜は彼に抱かれて眠りたい。

凛の現状は休暇中の旅行者で、ヒューとともにあるためには、日本に帰ってなさねばならないことがたくさんあり、どんな形になるかわからないけれど、それなりの時間がかかるだろう。自分のブランドを持ち、雇用主である凛には責任があるから、関係者とはきちんと話し合って、納得のいく結果を出したい。

その間はヒューとも離れ離れだ。電話で声くらいは聞けるだろうが、温もりは感じられない。

それを考えると離れがたくて、凛は四肢を絡めてヒューにしがみついた。

「どうした？」

「……このままでいたい。もっと、強く抱いてください」

切羽詰った声で、ヒューにも凛の思いは伝わったらしい。

なだめるように抱いてくれて、囁いた。

「早く私のところに戻ってきなさい。あまり遅いと、日本までさらいに行くぞ。私はウィリアムとは違うんだ。欲しいものは必ず手に入れる」

力強い言葉が嬉しかった。

百年前の先祖が結びつけてくれた不思議な縁に感謝しながら、恋人のすべてを自分に刻みつけ、自分のすべても刻んでやろうと、凛はヒューに口づけた。

END

有言実行の恋人

ヒュー・マーカスは凛《りん》が考えていた以上に、有言実行《ゆうげんじっこう》の男だった。後ろ髪を引かれる思いで凛がイギリスから日本に帰国して一ヶ月。その間、凛とヒューは時差を乗り越えながら三日に一度は、電話で話をしていた。

早くイギリスに戻ってこい、もたもたしていたらさらいに行くぞと、ヒューからは話すたびにせっつかれているが、凛は自分のオフィスと工場を持つ、独立した帽子《ぼうし》デザイナーである。

凛の帽子を扱ってくれている店舗《てんぽ》への説明、現在働いてくれているスタッフの処遇《しょぐう》など、クリアしなければならない問題は多い。

国境を越えた電話を最後にしたのは二日前だ。そして、一時間前に彼は日本国内から電話をかけてきて、夕食をすませて自宅で寛《くつろ》いでいた凛を驚かせた。

慌てて身支度を整え、ヒューが泊まっているというホテルの部屋に駆けつけた凛は、ドアを開けて出迎えてくれた恋人の、彫刻のように整っている美しい顔を信じられない思いで見つめた。

「久しぶりだな、凛。少し痩《や》せたか？」

「……ほんとにいた。どうしたんですか？　前に電話したとき、日本に来るなんて言ってませんでしたよね？　あなたのお仕事は？　忙しいんじゃ？」

矢継《やつ》ぎ早《ばや》に質問をぶつける凛を室内のソファにエスコートし、ヒューは苦笑した。

「もたもたしていたらさらいに行くと言っただろう」

凛は無言で固まった。なにも片づいていないのに、イギリスに連れていかれたら困る。目を白黒させていると、ヒューが凛の額をちょんとつついた。

「本気にするな。いや、半分は本気だが。きみの事情はわかっているから安心しなさい。私だって一週間ほど休暇《きゅうか》を取り、日本の恋人に会いに行く権利くらいは持っている。黙っていたのは、きみを驚かせたかったからだ」

多忙なヒューが、凛に会うためだけにわざわざ休暇を取って来てくれた。

それを理解した途端《とたん》、凛は辛抱《しんぼう》たまらず、腰を下ろしたばかりのソファから立ち上がり、ヒューに飛びつくようにして抱きついた。

「あ、会いたかった……！　ずっと、あなたに会いたい、触れたいって思ってた」

清涼感のあるヒューの匂いを間近で嗅《か》ぐと、いっそう彼への愛しさが募《つの》る。

「私もだ」

ぎゅうぎゅうくっついて離れない凛の頭にキスを落としたヒューは、凛を膝に乗せてソファに座った。

窮屈《きゅうくつ》なうえに不安定な体勢だが、離れたくない。凛は顔を上げ、鮮やかなエメラルドの瞳や、高く通った鼻筋、何度も口づけをかわした唇をうっとりと眺めた。

「夢を見てるみたい」

「夢のなかでも私はきみに会いに行っているが、きみがドアを開けないだけだ」

それはここのところ、二人の間ではやっている冗談だった。

ヒューは凛の夢をたびたび見るらしいのだが、凛はもともと夢はあまり見ない体質で、眠る前にどんなにヒューの夢が見たいと願っても、気がつけば朝になっている。

凛はわざと大袈裟《おおげさ》に肩を竦《すく》め、茶目っけたっぷりに言い返した。

「あなたのノックの音が小さすぎるんです。手首が折れるほど叩いて、大声で俺を呼んでくれないと」

「きみの魂胆《こんたん》はお見通しだ。生意気《なまいき》を言って、私にその唇を塞いでほしいんだろう」

ヒューが顔を近づけてきたので、凛は目を閉じた。

一ヶ月ぶりの口づけである。ヒューは最初から熱い舌を差し入れてきて、凛を激しく貪った。熱烈なキスに、凛も懸命に舌を動かして応える。

なにも知らなかった凛に、キスの仕方を教えてくれたのはヒューだ。舌を絡め合い、唾液を啜《すす》り合う。

「んっ、んぅ……っ、は、ぅ……っ」

息継ぎの合間に、凛の喉から甘い声が漏れた。

声しか聞けなかったヒューの温かい身体《からだ》がここにある。再会して、きっとまだ五分も経っていないと思うが、このまま抱いてほしかった。

それはヒューも同じ気持ちだったらしい。唾液で濡れた唇を離し、彼は自嘲を滲ませつつ囁いた。

「迎えもやらずにホテルまで呼びつけたきみに、紅茶の一杯も飲ませないままベッドに押し倒したいと考えているなんて、自分の非常識さに呆れるよ」

「迎えなんていらないって言ったのは俺です。一人で電車に乗ったほうが早く着くから。俺は紅茶より、あなたが欲しい」

凛はヒューにしがみつき、身体を擦り合わせるようにして甘えた。

官能的なキスを長々とされて最高潮に気分が昂っているのに、英国紳士のマナーかなにかで、ちんたら紅茶を飲まされたらたまらない。

「寂しかったか？」

「……とても。あなたは？」

「遠路はるばる日本までやってきた私に、それを訊くか？」

破顔した凛をヒューは軽々と抱き上げ、ベッドに運んでくれた。


一ヶ月ぶりの交わりは、互いを求める気持ちが強すぎて性急なものになったが、果てても欲望は尽きず、一晩中でも抱き合っていられそうな気がした。

しかし、つづけざまに三度抱かれた凛はさすがに体力的に限界で、ぐったりとベッドに沈みこんだ。

「凛、水を持ってきた」

ベッドを離れていたヒューが、ミネラルウォーターをグラスに入れて戻ってきた。

凛はぼんやりとヒューを見上げた。喉は渇いているが、全身がセックスの余韻《よいん》で痺《しび》れていて、首を起こすのすら億劫《おっくう》である。

ヒューはグラスを呷《あお》り、凛に口づけた。

唇を開くと、冷えた水が少しずつ流しこまれる。なんだかとてもおいしくて、凛は三回お代わりをした。

最後はヒューの舌をちゅうっと吸って、唇を離す。

「ありがとう」

礼を言った凛の声は、喘《あえ》ぎすぎたせいか掠《かす》れていた。凛は明日も仕事だし、朝にはましになっていることを祈りたい。

横のテーブルにグラスを置いたヒューが、ベッドに潜りこんできて凛を抱き締めた。

「一分でも早く顔を見たくて、空港からきみの家を直接訪ねようかと考えていた。きみが動揺するかと思ってやめたが」

満腹の猫のようにヒューに擦り寄っていた凛は、ぱちりと目を見開いた。

「……やめて正解です。引っ越しの準備で足の踏み場もないほど散らかってて、自分でも呆然とするほどだから」

ヒューが思いとどまってくれてよかったと、心から思う。

築二年の二LDKマンションに入居して約二年。一人暮らしには広い間取りで、セキュリティもしっかりしており、普通の人になら自慢できる住まいだが、英国貴族をお招きしてもてなせるレベルにはほど遠い。

「なにもかもを一人でこなすのは大変だろう。困ったことがあれば、いや、困っていなくても私を頼ってくれ。疲れたきみを見ていると、助けたくてうずうずする。いっそ、すべてを私に任せてほしいくらいだ。悪いようにはしないから、きみは一週間後に私と一緒にイギリスへ来なさい」

凛は思わず笑った。

「紳士なんだか傲慢《ごうまん》なんだか、よくわからない人ですね」

「帽子のことはさっぱりだが、ビジネスについてはきみより詳しい。きみが難航《なんこう》している問題を、私なら解決できる」

真面目《まじめ》な顔をしているヒューに、凛も笑みを引っこめた。

今回の件で、一番の難関は凛の両親だった。すべての事情を逐一報告しているわけではないが、ヒューにも少しは話してある。

先日、見学に行ったサウスウッド・ハウスで、マーカス家の当主とその妹に会って仲よくなり、遠い親戚のよしみで援助を得られることになったため、オリジナルブランド立ち上げ以降、順調に成長している日本のオフィスをたたみ、イギリスで一からチャレンジします、などと突然聞かされて、不審に思わない親はいないだろう。

マーカス氏は本当に信用できるのか、援助とはどれくらいなのか、万が一うまくいかなかった場合はどうなるのか。夢があるなら応援してやりたいが、リスクが大きすぎるのではないか。

息子を想うがゆえの心配は尽きることがなく、凛がいかにヒュー・マーカスについて説明し、信頼できる人だと説いても信じてくれない。

さすがに、恋人になったと告白はできなかったが、恋人だからといって信頼度が上がるわけではない。色恋と仕事を混同するなと、心配の種を増やすだけである。

「きみがいやでなかったら、きみのご両親と話がしたい」

「えっ、あなたがですか？」

「そうだ。私が本気だということ、きみの生涯には責任を持つということを私から説明すれば、たちの悪い男に騙されているのではないとわかって、少しは安心なさるだろう。きみの才能をリスペクトしていると力説するよ。大丈夫だ。帽子作りに関するきみの才能、将来性などはアリシアに聞いて頭に叩きこんである。私は今や帽子のエキスパートだ」

凛の才能と将来性を、本当の意味で理解してくれてはいないようだが、凛のためにアリシアを頼り、エキスパートであろうとしてくれる、その努力が嬉しかった。

ヒュー・マーカス本人が登場すれば、両親の気持ちも変わるかもしれない。ヒューは見るからに威厳があって、彼に選ばれたことを誇りに思わずにはいられない風格がある。

「本当に？　でも、そこまでしてもらっていいんでしょうか？」

ありがたい話だが、自分の親の説得もできないことが情けなくもあり、複雑な表情になった凛を、ヒューは真っ直ぐに見つめて言った。

「きみとご両親の憂《うれ》いをなくし、きみを完全に手に入れるために、私がすべきことだ。私はきみを手放さない、絶対に。だから凛、きみも迷うな」

力強い言葉に、凛は泣きそうになった。

迷ってなんかいない。イギリス移住には凛の人生がかかっていて、やらなければならないことの多さや責任の重さに怯んで、ときどき立ち止まりそうになるだけだ。

ヒューとの電話では元気そうにふるまっていたけれど、彼はきっとなにもかも見抜いて、凛を助けるために日本へ来てくれたのだろう。

「ああ、ヒュー。あなたを好きになってよかった。愛してる……」

囁く凛の唇を塞いだのは、同意を示す深いキスだった。

■あとがき■

こんにちは、高尾理一です。

この「百年の恋」も、新書から文庫にしていただけることになりました。お手に取ってくださったみなさまのおかげです。ありがとうございます！

新書のときからすでに、ぎっちり書きこんでいたため、書き下ろしは少ないのですが（ページに余裕がなくて……）、本文と封入ペーパーで少しずつその後の二人を書きましたので、楽しんでいただけますと幸いです。

文庫化にあたっての校正では、言いまわしとかが比較的現在の私に近くて、心穏やかに作業できました。それって五年前から成長してないだけなんじゃ……？　という残念な事実には気がつかないふりをするつもりです。

久しぶりにじっくりと自分で読んでみて、ヒューは難攻不落の男だったんだなぁ、としみじみ感じました。

ニコリとも笑わないし、ああ言えばこう言うし、言うことは悔しいけど正しいし、隙がないから反論できないし、人の言うことは聞いてないし、自分の思うとおりにしかしないし、凜でなくてもムカッときます（並べ立てるといっそうひどい。笑）。

私が得意なのは暑苦しい変態攻めとか、甘々なヘタレ攻めなので、当時は書くのに苦労したことを思い出し、そして、現在もやっぱり書き下ろしは苦労しました。いくら両想いになっても、急にヒューの愛想がよくなったり、笑顔全開になったりはしないし、したら怖い。ニコニコしながら凛に「スイートハート」とか「シュガーパイ」とか呼びかけるヒューなんて、もうヒューじゃない(笑)。

呼ばれた凛も驚愕を通り越して「頭でも打ったんですか？　なにか悪いものを食べたんじゃ？　ジョーンズさん、来てください！　ヒューがおかしくなったんです！」と真っ青になって執事を呼びますよ。

そんな凛と、すっ飛んできた執事の前で、苦虫を千匹は噛みつぶしてる顔をしたヒューもおもしろいかもしれませんが。

担当さまには、新書のときから変わらずお世話になりました。ヒューが最後までクールに毅然としていられたのは、甘い方面へ脱線しがちの私をぐっと引き戻してくれた担当さまのおかげです！

最後になりましたが、ここまで読んでくださったみなさま、ありがとうございました。

またどこかでお目にかかれますように。

二〇一二年十月　　高尾理一

初出
「百年の恋」
2007年ショコラノベルス「百年の恋」
「有言実行の恋人」書き下ろし

CHOCOLAT
BUNKO

この本を読んでのご意見、ご感想をお寄せ下さい。
作者への手紙もお待ちしております。

あて先
〒171-0021東京都豊島区西池袋3-25-11第八志野ビル5階
(株)心交社　ショコラ編集部

百年の恋

2012年11月20日　第1刷

著　者:高尾理一
発行者:林 高弘
発行所:株式会社　心交社
〒171-0021　東京都豊島区西池袋3-25-11
第八志野ビル5階
(編集)03-3980-6337 (営業)03-3959-6169
http://www.chocolat_novels.com/
印刷所:図書印刷 株式会社

CHOCOLAT BUNKO

好評発売中！

絶対に幸せにするから、俺の家族になってください。

ファミリー・バイブル

高尾理一　イラスト・小椋ムク

家事能力のないサラリーマンの宏伸が、隣人・典章の家で食事をするようになって三年。宏伸は典章に片思いをしていた。けれど典章が自分を相手にするとは思えず諦めていた宏伸に典章の娘、茉莉衣が「ひろくんがお父さんで、パパがお母さんみたい」と言い出して…。

あなたは命の恩人でござる。

お侍、拾いました。

高尾理一　イラスト・亜樹良のりかず

大学生の蒼生は田舎の山で行き倒れの男を拾った。源之助という名前以外記憶のない男は、男前で礼儀正しく爽やかで——なぜか侍の格好をしていた。ただの時代劇マニアかと思われた源之助だが、カレーやテレビにいちいち驚く彼を、蒼生は本物の侍としか思えなくなり……。